白 日 梦

巫小诗◎著

你是我的
游乐园套票

北京时代华文书局

图书在版编目（CIP）数据

你是我的游乐园套票 / 巫小诗著. — 北京：北京时代华文书局，2017.11
ISBN 978-7-5699-1873-1

Ⅰ. ①你… Ⅱ. ①巫… Ⅲ. ①故事－作品集－中国－当代 Ⅳ. ① I247.81

中国版本图书馆 CIP 数据核字（2017）第 247771 号

你是我的游乐园套票
Ni Shi Wo De Youleyuan Taopiao

著　　者	巫小诗
出 版 人	王训海
选题策划	曾　丽
责任编辑	曾　丽　石乃月
装帧设计	新艺书文化　段文辉
插画设计	黄雷蕾
责任印制	刘　银　范玉洁

出版发行 | 北京时代华文书局 http://www.BJSDSJ.com.cn
　　　　　北京市东城区安定门外大街 136 号皇城国际大厦 A 座 8 楼
　　　　　邮编：100011　　电话：010-64267955　　64267677

印　　刷 | 固安县京平诚乾印刷有限公司　0316-6170166
　　　　　（如发现印装质量问题，请与印刷厂联系调换）

开　　本	880mm×1230mm　1/32	印　张	7.5	字　数	179 千字
版　　次	2018 年 2 月第 1 版		印　次	2018 年 2 月第 1 次印刷	
书　　号	ISBN 978-7-5699-1873-1				
定　　价	39.80 元				

版权所有，侵权必究

序言
爱好还是要有的,万一能当饭吃呢

小时候,家人问我,长大以后要做什么,我说要当一个作家。

在他们眼中,当作家这样的理想,跟成为航天员、科学家一样,是不切实际的。在不切实际的同时,还有一丝穷酸。

但小孩的理想嘛,不过是说说而已,没人会当真,即便不支持,也会客套地说上一句:"加油!"

渐渐长大,别人的理想越来越务实,从科学家变成了医生,从航天员变成了老师,而我,还是想当作家。

长辈们劝我:"作家,是不适合作为职业的,你需要有工作单位,需要有稳定的部门给你发薪水。爱好,不能当饭吃。"

我呢,性子也倔,他们说他们的,我写我自己的。

一路单打独斗,摸着石头过河,给各种杂志投稿,参加各种文学比赛,开专栏,写公众号,用稿费去做每一件也许没人支持但自己喜欢的事。

然后我渐渐发现，当自己变得更好、跑得更快时，那些说我不适合、不应该的声音，都被风声盖掉了，我只能听见自己内心的声音。那个声音在说："我喜欢的，就是最好的。"

现在的我，是一名全职写作的自由撰稿人，我写周遭的故事，写梦中的脑洞，写旅途的风物。

我没有工作单位，也没有稳定的部门给我发薪水，我照样吃饱穿暖，平安喜乐。

用爱好养活自己，虽然很难大富大贵，也很难稳定安逸，但会很容易开心啊！还有比"开心"更高昂的薪水吗？

这么多年，我对写作的热爱一直没有变。虽然在写作这件事上，我还没有做出什么拿得出手的成绩，但"不忘初心"是我目前最满意的成绩。

在阅读某些经典作品的时候，我会忍不住感叹，作者的才华真是老天爷赏饭吃。再反思自己，貌似我并没有这种才华，老天爷也不曾赏我饭吃。

老天爷不赏，就自己烧饭吃呗。

这些年，自己厚着脸皮，一步步劈柴、生火、下米、起锅……也过上了靠写字温饱的生活。谢谢自己的一根筋，谢谢自己的不忘初心。

《你是我的游乐园套票》是我的第一本书，讲述的是生命中那些有趣的、有勇气的、有能量的人，他们就像是永远不会过期的游乐园套票一样，带给我惊喜、感动和未知的美好。我希望，这份美好也能让你们知道。

其实，按照原计划，新书是在一年前的夏天跟大家见面，因为种种原因，主观的、客观的，导致她现在才面世，也算因祸得福吧，让我可以以更自信、更从容的步伐走到大家面前，交上这份斟酌许久的答卷。

我并不是一个很有毅力的人，曾经的许多兴趣，走着走着就弄丢了，唯独写作，一直坚持了下来，并且渐渐成为自己想要奋斗终生的职业。

我仿佛看到，儿时小小的自己，在屋前埋下了一颗"我想当作家"的种子，种子生根发芽，长出了枝蔓，开出了小花。而这本书，正是它结出的果实。

爱好还是要有的，万一能当饭吃呢。

我会厚着脸皮，继续混迹在靠爱好吃饭的这条路上。你们，也一起来玩耍吧！

目 录

1
爱好和坚持，终能带你到想去的地方

跟有趣的人相处，像拥有一张游乐园套票//002

少女心是一种超能力//005

爱他就要成为他//009

小清新与螺蛳粉//014

找到一个不功利的爱好，让它陪你留住天真//018

人活到多少岁，才会来不及啊//021

爱好和坚持，终能带你到想去的地方//024

年轻人的乡愁，是长在胃里的//027

2

上帝阻碍你的时候,可能是在保护你

上帝阻碍你的时候,可能是在保护你//032

谢谢我的不幸运//036

按自己内心去活,而不是按别人说的//040

一百平让年轻人变成一百岁//046

哪有天生幸运的传奇,不过是长年累月的供给//052

我脸上有道疤,我还挺喜欢它//055

我想帮自己一把//061

那些帮你的人,本可以不理你的//064

3

最好的礼物,是你挑礼物时认真的样子

生活需要仪式感,就像平凡的日子需要一束光//068

一定要在毕业前谈一场恋爱//071

那一年,我想留在北京//076

异地恋的距离//080

心智上的成年//083

最好的礼物,是你挑礼物时认真的样子//087

人长大后,胆子就变小了//090

二十岁时喜欢的裙子,四十岁穿上已没有了意义//094

4
这座城市风很大，总会有人晚归家

文字摆渡人//098

爸妈也不是一出生就成了爸妈//101

为你费一辈子心，为你炼成火眼金睛//104

爱情里最遗憾的事//108

这座城市风很大，总会有人晚归家//113

不知道的人翻山越岭，知道的人轻车熟路//124

每个善于安慰他人的生物，都是移动的大型伤口//127

我们相爱十年，异国恋两年//131

5
我不怕吃苦，我怕不快乐

你究竟是因为热爱，还是仅仅出于目的//136

我曾不计回报地喜欢一个人//140

你有"澡堂精神"吗？//144

我不怕吃苦，我怕不快乐//147

我没你们想象得那么悲伤//151

不过是努力前行，为何说我利欲熏心//154

你来到世界上，不是为了和所有人一样//158

远离功利，接近幸福//161

放弃梦想的人可耻吗？//166

6
这一年，我们再也没有开学

喜欢就把糖分你，不喜欢连糖纸都不给你//170

我们志趣不投，却八字相合//173

好朋友有了新朋友，我为什么会感到难受//176

女孩都爱摄影师//179

这一年，我们再也没有开学//184

找到适合自己的方糖，觉得苦就加一颗//187

我不支持你，但我依旧会陪你//190

谈恋爱和玩游戏//193

7
远离消耗你的人，也不要去消耗别人

你唯有变得更好，才能离恶意更远//198

所有偷过的懒，都会变成打脸的巴掌//201

你就这样继续拖延下去吧//203

好阿姨，坏阿姨//206

他父母给他买车买房，我们奋斗是不是瞎忙//209

我成绩不好，但我不是坏人//212

远离消耗你的人，也不要去消耗别人//216

我接受你的道歉，但就是想难过一会儿//219

有时候我们喜欢一个人，
我们以为喜欢的是这个人，
其实，我们喜欢的是这个人所代表的那一类生活。

1

爱好和坚持,
终能带你到想去的地方

跟有趣的人相处，
像拥有一张游乐园套票

有人问我，你最喜欢跟哪一类人相处？

看似简单的问题，非要给个形容词来当答案的话，好像有点难。于是我开始回忆，那些我欣赏的、乐于打交道的人，他们的身上有没有什么共同点。是优秀吗？好像不全是；是热情吗？好像也不太对。琢磨了一会儿，一个词在我脑海中蹦了出来，对，是"有趣"！

感觉跟有趣的人相处，像是拥有一张永不过期的游乐园套票，靠近他们就是走进一场奇妙旅程，时而浪漫，时而惊喜。

读大学的时候，我跟一位学妹的关系非常要好，学妹比我只低一个年级，但是她活像一个有趣的大龄儿童。

跟学妹逛商场是很好玩的。她很喜欢买童装，此处不打引号，因为是真正的童装。学妹个子比较小，只有一米五几，去商场买童装是她的一大乐趣。许多品牌的童装，款式美，质量优，价格比成人服装便宜一半，最大尺码能有一米五，甚至一米六。这个尺码学妹刚好穿得，价廉物美、童趣爆棚又不容易撞衫，别提多棒了。参观学妹的衣柜，我能感觉发现新大陆。

学妹的专业是新媒体，可她偏偏对古代文化感兴趣，周末的时候，会去博物馆当讲解员。我问她，是怎样的情怀让她甘愿当传承文化的义务劳动者。我以为她会说出多么感慨的话语，她却说："因为博物馆的工作餐非常好吃！"

一次讲解中，学妹因为讲得好，被某位慷慨的游客奖励了一百元小费，她不要，游客硬是塞给了她。事后她紧张得给我打电话，问："学姐，怎么办？"得知缘由后，我说："人家奖励你的，就收下呗，这是你正常劳动所得。"虽然《工作手册》上没有明文规定，但她觉得收取游客小费不对，于是将这钱买成饮料，和其他讲解员共同分享。

我问她："你不是说最近穷得揭不开锅了吗，一百块为啥不自己留着？能吃好几天呢！"她说："我穷归穷，'贿赂'还是不应该收的。"那认真的表情哟，就像某位官员刚刚拒绝了一百万的贿赂似的。

学妹前不久被保送到她喜欢的专业念研究生，真替她高兴，耿直有趣如她，值得拥有一切的好。

我从来都不是一个多么热爱学习的学生，不热爱学习的话，自然也很难热爱老师，但是十几年的学生生涯，还真的有遇见让我特别喜欢的老师。

在台湾当交换生的时候，我特别喜欢我的美学老师，五六十岁的年纪，一个儒雅又风趣的小老头，本来只是选他的课来凑学分，谁知成了我的意外之喜。

他的课从不点到，但是到课率却很高。他说："如果你不喜欢上我的课，没有关系的，你可以跟我请假，用上课的时间去爬爬山，尼采的许多哲学理论，都是爬山爬出来的。"

他布置的作业一点也不枯燥，比如他布置过一个课题"发现美的采风"，让你图文并茂地讲讲最近生活中的"小确幸"，美景也好，好人也罢，想啥写啥，跟美有关就行。

上他的课，会让人觉得：啊，原来上课可以这么有趣！他上课时的板书，像连环画似的，美学那么高深、抽象的东西，愣是被他讲得好玩又通俗。

老师不仅教学有趣，课堂中，他还会"一不留神"地蹦出一些金句，让人想立马记录到小本子上的那种：

自我的孤岛，是他人的迷宫。
寂寞的人总会去打扰他人，孤独的人会好好享受自己。
历史是一种集体的惩罚。
……

金句数不胜数，有意思的是，他又经常会忘记这些金句是他说的。我们都加了老师的社交账号，有时像"迷妹"一般发一条状态@他，附上他的金句，他回复一个问号表情，说："咦，我有说过这句？"哈哈，别提多可爱了。

回来后很少跟老师联系，但是记录着金句的笔记本，我还小心地保存着。

跟有趣的人相处，像拥有一张永不过期的游乐园套票，他们也许不美貌、不富有、不八面玲珑，但是靠近他们，生活似乎就多了一抹色彩，明天也多了一丝未知的期待。

少女心是一种超能力

不知从何时开始,"少女心"成了一个贬义词。

她穿了一件低于自己年龄段的衣服,她真是个卖萌装嫩的少女心;她热衷收集各种特殊意义的小物件,她真是个幼稚浮夸的少女心;她外表成熟却总在看书看剧时流泪,她真是个敏感忧郁的少女心……

少女心似乎成了扭捏作态、装可爱、玻璃心的代名词,可是拜托,少女明明是最美好的一类人啊,少女心明明是一种战胜不美好的超能力啊,为什么不会飞的人,要说会飞的都是妖怪呢?

今天想讲一讲,这些年,我所遇见的拥有超能力的"少女心"们。

在台湾上学时,我特喜欢我的小说课女老师。

恬静知性的长相,每次上课都穿着连衣裙,裙子款式类似,胸针却基本不会重复。初次见她我以为她才三十出头,后来得知她四十岁了,还是两个小孩的妈妈,我简直不敢相信。

她偶尔在课堂上提到自己的一双儿女,"今天哥哥教了我一个道理"或者是"今天妹妹又生我气了",她熟悉各种热播的动画片,喜欢工作之余同孩子一起画画、做甜点,她跟子女的相处方式,就像是同龄人之间的朋友关系。

老师的口头禅是"太神奇了"。她这样评价她的一位老同学："中学的时候他就超爱喝碳酸饮料，几乎每天都喝，现在他也还在喝，太神奇了！他居然还活着。"惹得我们捧腹一番。

她鼓励学生们去恋爱。在讲到某篇爱情小说时，她说没谈过恋爱的男同学不一定能读懂，这时有男生反驳为什么女同学会懂，她说："我们女生天生就是会谈感情的动物啊，而男同学要教才会懂。没读懂的男同学，可以课后请教一下女生，当然也可以聊点小说之外的。"

一次上课，她拿着一个小玩偶，兴奋地对我们说："我新买的，太神奇了！它看起来是一个玩偶，但是从这个拉链开始拉，它可以变成一根长长的绳子，又是玩偶又是绳子，很有趣对不对？"有同学问，这个是用来做什么的，她回答："不做什么，好玩就是它的用途啊！"她说这些话的时候，傻愣愣的，别提多可爱了。

交情很好的一位插画作者，在我途经她的城市时，约我去她家吃饭。

去之前她自黑地提醒我，不要对一位无业"宅女"的出租屋抱有太多期待，事实证明，她远远超出了我的期待。

她运用自身特长对出租屋进行了别致的装修，房东因此大悦，当场决定每月少收她二百房租。我很疑惑为什么要贴钱去装修不属于自己的房子，她说，哪怕是租来的房子，也要把它住出家的感觉啊。

靠画画养活自己的她，居然坚持着做手帐的习惯，每天发生的日常，观影观剧观展的心得体会，她都用图文的方式记录下来，翻阅起来简直少女心爆棚。

她说："养活自己的那些画是用来取悦读者的、取悦客户的，而手帐里的那些画，是取悦自己的。以后也许我不会红，但我会老啊，这一本本的手帐，就是我留给自己中老年时的怀旧读物。一想到以后沧桑的自己翻看手帐时，感慨着'我年轻的时候真是个有趣的人'，那感觉真不错。"

见过很多课余兼职的大学生朋友，有的抱怨工作累、工资少，有的羞于让别人知道，总体来说，兼职对大部分学生而言，并非一件轻松愉快的事情。

但Apple不同，你每天都能在店里看到笑得傻兮兮的她。说来她的这个英文名字还有点搞笑，她向我做自我介绍的时候，说完中文名，接着说英文名，她说："我现在的英文名叫Apple。"

哦？为什么是现在的？

她解释道，她今年要兼职攒钱给自己换一台苹果的电脑，但要兼职好久，为了激励自己，她干脆把英文名改成了Apple，这样每次别人喊自己名字，就像是在给自己加油鼓劲。

我被她逗笑，打趣地问她明年要换个什么英文名。她嘻嘻一笑，说不换了，Apple的产品是买不完的呢。

在Apple身上，我看不到兼职学生的无奈与尴尬，只看到一个自食其力的乐观姑娘，用少女心的超能力，把简单粗暴的物质欲望变得可爱起来。

老友重逢的见面语有很多句，我最喜欢的一句是："你一点都没变。"

对啊，无论经历了什么世风日下、人心不古、柴米油盐酱醋茶，你依然是当年那个你，那个少女时代纯粹的你，一点都没变。这样的你，真好。

想起蒋方舟二十五岁生日时，她微博里的一条留言："与我同龄的女生，大都早就女人味十足，只有你，这么多年，不管你说了什么样的话，写了怎么样的字，做了什么事，在我心里一直是一副小女孩的模样，一直在成长，永远长不大。"

一直在成长，永远长不大，这就是少女心的超能力吧。

愿所有善良可爱的女性，能在变得更好的同时，内心永远住着自己的小女孩，带着少女心的超能力，去战胜这个世界的不美好。

爱他就要成为他

浪浪是我大学室友的外号,人如其名,她的确是个很"浪"的人,喜欢过的男人能凑成一支球队。

对这个外号,她是毫不排斥的,甚至有点喜欢,她说:"第一个'浪'是放浪不羁的浪,第二个'浪'是惊涛骇浪的浪,多适合我。"

听外号,大概会认为浪浪是一个高跟短裙不化妆不出门、活得无比风情万种的人,但其实她只是一个短发素颜、踩不稳高跟鞋、永远在探寻自己风格却一直没有风格的人。说白了,就是看起来波澜不惊,实际内心惊涛骇浪。

浪浪跟一般的"迷妹"不同,明明是揣着花痴的心思出发的,追爱的路上,却越走越偏,男友没捞到,愣是把自己给修炼成了"十项全能"。

喜欢她的人,一塌糊涂地赞她,觉得她敢爱敢恨女中豪杰;不喜欢她的人,对她敬而远之,认为她放浪不羁游戏爱情。可无论喜欢与否,人们都爱在陌生人面前谈起她,因为,认识一个如此豪放派的朋友,绝对是一件有意思的事情。

我的第一次出国旅行就是跟浪浪一起去的尼泊尔。我差点就要一个人独自返程了,因为浪浪在尼泊尔爱上了一个男人,发疯似的想要为他留下来。

浪浪的意中人是一位滑翔伞教练,他并非尼泊尔当地人,而是一位金发碧眼的爱尔兰帅哥,他的气质跟他的职业一样,冒险又浪漫,流转多国工作,最适合飞翔的地点,就是他工作的地方,他是一个住在风里的男人。

浪浪对他一见钟情,从去滑翔伞公司报名的时候开始,眼神就无法从他身上挪开,后续的滑翔,还没等教练开始分配队员,她就主动示意"我可以选你吗",教练点头默许。

整个滑翔的过程,浪浪都一脸幸福状,因为滑翔的姿势像是坐在教练的怀里。

那天晚上她久久不能入睡,自顾自地说起了电影台词:"我的意中人是个盖世英雄,有一天他会踩着七彩祥云来娶我,我觉得说的就是他,不是吗?滑翔伞就是很多颜色的,像七彩祥云一样。"

浪浪爱死了这个在天空中工作的男人,滑翔费用很贵,她居然隔天又去了一次,还是点名那个教练。在天空中,她跟教练聊天,还要到了教练的联系方式。后续的日子,浪浪居然主动联系教练出来吃饭喝咖啡。

我们回程的航班早就定好,待不了几天就要走,浪浪舍不得,她知道,回国之后,大概就跟这个异国男人无法产生交集了。可是没办法,签证日期也有限,浪浪还是跟我一起回去了。

她泪洒机场,那个教练也不是她的男友,自然不会来送她,一段游客对滑翔伞教练的单相思,就这样匆忙地画上了句点。

我原以为这件事就这样过去了,她会有新的爱慕对象,但是,浪浪这家伙居然头一热,要去学飞滑翔伞,我从没见过女孩玩这个。

隔年，浪浪去台湾当了交换生，宜兰县有专业的滑翔伞基地，她在那里学会了飞滑翔伞，可以一个人独立起飞与降落。

后来我也去了台湾，我俩相见，她笑着说："浪浪姐带你飞，敢不敢当我的第一个乘客？免费。"哈哈，我当然是拒绝的。

那天太阳很大，我撑着小花伞，在营地看浪浪"驾着七彩祥云"独自起飞又安全降落，觉得她超级酷。

浪浪和当年那个她爱慕的教练互相加了社交方式，但却很少聊天，可只要浪浪发独自飞滑翔伞的照片，教练都会给她点赞。什么都不用说，一个赞就够了。

我问浪浪："图什么，为了一个暗恋对象的赞在天空玩命？"浪浪说："什么都不图，就图个喜欢，刚开始是喜欢这个人，后来发现自己是喜欢这个人的生活，而自己现在，就是自己喜欢的样子。"

在校念书的时候，浪浪迷恋我校某社团的一位成熟干练、有魄力有才华的学长，浪浪为了接近学长，报名参加了她原本很不屑的社团，怕无聊，还拉上了我。

这是个新闻性质的社团，开开小会，跑跑新闻，拍拍视频，看似有趣，实则任务繁重，那时我写稿任务多，渐渐地就退出了社团。

可是浪浪却打了鸡血似的，不管多热的天，多无聊的新闻，背多重的机器，都任劳任怨，能给心仪的学长当小跟班，她很是开心。

随着社团的换届和学长的毕业，浪浪居然成了社团的管理层，混得风生水起，还收获了一票学弟学妹的崇拜。

明明是去当"迷妹"的，却把自己混成了社团领导，这种事，只有浪浪做得出来。

毕业实习的时候，她进的是剧组，干场务的活儿，熬夜到凌晨是常事，餐餐吃盒饭，还是蹲着吃的那种，活脱苦工生活。

但是她很喜欢这份工作，原因自然是因为男人，她们剧组的导演是个有才华的80后，虽然不出名，但是拍过不少影视剧，专业素养很好。

浪浪虽是一名不起眼的场务，但因其年纪最小，组里的人对她都挺照顾的。导演对浪浪却是一视同仁，做错了事情照样批评，要求极其严格。

要说这人啊，也是奇怪，别人对你好你觉得无感，偏偏这人对你不怎么好，却独得你的喜欢。

浪浪顶着没有工资的实习生身份，干了很多脏活累活，群众演员不够的时候，她去帮忙凑数，穿过乞丐服，还在一场抗战戏里演没人愿意演的"花姑娘"，被敌人扛进小屋。

她给我们播放这段视频的时候，真的是被笑得不行。笑过之后，女生们纷纷表示，这个既不露脸又不署名的角色，自己是绝对不会去演的。

浪浪嬉皮笑脸地说："没关系啊，人生体验呗，是我仰慕的导演让我来顶替的，导演这么有才华，给他打工是为艺术献身，更何况，只是扛进小屋而已，又没有后续镜头。"

我们那届的毕业论文可以选择论文或者作品，作品又包括剧本和微电影，我和浪浪选择了毕业作品，是班上仅有的两个自虐狂，她拍电影，我写剧本。

是的，因为暗恋一个导演，而走上了拍电影的道路，说出来都没人信，但浪浪真就这么做了，还把我拉进来做了编剧。

浪浪居然还申请到了大学生电影节的三万元扶持资金，一部学生拍的微电影，三万块足够了。

那年冬天很冷，长沙下起了雪，浪浪导演的微电影就这么开机了，从演员到工作人员再到机器设备，都是学生资源里的最高配置，演员里还有表演系的教授，她可是磨了很久的嘴皮子才请来的。

这部微电影成为我们那届的优秀毕业作品，也为浪浪的大学生涯画上了美好句点。

毕业后，浪浪没有像我们这些规规矩矩的毕业生，经过初试复试找到校园招聘的工作，而是跟随她心仪的导演进入了影视行业，成为一名正式的一线工作人员。

最近她在一边工作一边学外语，想去国外读电影方面的研究生，好像也是受了某位心仪的行业男前辈的影响。她总是敢想敢做，且不畏惧一切后果。

别人笑浪浪花痴、轻浮，但她就是通过爱一个个的人，变成了更好的自己，想想也是神奇。

喜欢滑翔伞教练，就自己学会了飞滑翔伞；暗恋社团学长，就自己混成了社团领导；爱慕剧组导演，就自己当上了导演；爱慕高学历从业者，就拿起课本准备出国留学……

世界上竟会有这种人！

作为少女，她没羞没臊，作为学生，她不务正业，但是作为浪浪，她活出了自己。

有时候我们喜欢一个人，我们以为喜欢的是这个人，其实，我们喜欢的是这个人所代表的那一类生活。就像浪浪，她喜欢的其实是浪漫冒险、才华横溢的人生，她想成为那样的人。

爱上他，靠近他，然后成为他，这不是花痴，这是激励自己变好的方式。

小清新与螺蛳粉

"读大学的时候,你们寝室的姑娘晚上会开卧谈会吗?"朋友问我。

"不会啊,我们躺下了就各玩各的手机,基本不聊天。"

"那你们在什么时候交流感情呢?"

"一起吃螺蛳粉的时候。"

没有特殊情况的话,每周四会是我们寝室的"螺蛳粉日"。这天晚上没有课,下午放学后,我们会在食堂打包一碗"臭名远扬"的螺蛳粉,叮嘱老板,要辣、要葱花香菜,再加一大勺酸萝卜,然后像下山打水归来的小和尚一样,排着队,拎着战利品呼哧带喘地爬上四楼。

为什么一定要选在没有课的晚上?还非得以聚餐的形式?因为螺蛳粉味道太重了,吃完一身臭烘烘的,绝对不能直接出门,必须漱口净身闭门思过一晚才行。而且,螺蛳粉这种东西,只能自己吃,闻不得别人吃,于是不如大家一起臭味相投,谁也不嫌弃谁。

在我们寝室,吃螺蛳粉可是一件很讲究的事,要做一系列仪式性的准备工作。首先要把门窗打开通风,不然怪味道会绕梁三日散不出去;接着要把身上喜欢的衣服换下来,换上已经被自己剥夺出门权的丑衣服,关好衣柜,拉好床帘,做好一切隔离工作;然后在寝室的正中间摆开折叠方桌，自带小板凳，一人坐一方；最后才是开吃，边吃边聊，好不快活。

我们交流的内容，上至国家政治，下至花边八卦，这简直就是我们寝室每周一次的方桌会议，有时吃高兴了还会来上几张集体自拍作为与会留念，恩爱程度羡煞别的寝室的女生。

要是我们四个一直这么恩爱就好了，可惜，偏偏有人背叛了我们，谈起了恋爱。不，是背叛了螺蛳粉，谈起了恋爱。

她是寝室唯一的软妹子，走的是文艺小清新路线，轻声细语，绵绵无力。我和另两个室友都拥有一个人给饮水机换水的本领，而田田有时开个瓶盖都得请人代劳。事实证明，这样的女孩子才最讨男生喜欢，越是弱不禁风就越能激起男生的保护欲，田田是寝室里第一个谈恋爱的。

又到周四，放学的时候，我们吆喝着去买螺蛳粉，田田犹犹豫豫："我还是不去好了。"

"你男朋友约了你吃饭啊？"

"没有，约我八点半看电影。"

"一起吃呗，用不了多长时间，不会耽误的。"

"不了，味道太重了，我在他心目中应该是不会吃这种东西的。"

"好吧，那随你。"

我们的螺蛳粉小组头一回三缺一，桌子空了一方，吃得不那么开心。田田不仅没跟我们一起吃，还压根就没回寝室——估计是怕寝室的味道熏着她，男朋友不喜欢。我们有些不爽，不能臭味相投，还怎么在一起玩耍。

趁着田田不在，室友们开始放肆地议论她，要知道，女生跟女生之间迅速拉近友谊的方式,就是一起说另一个女生的坏话。

"不觉得吗?田田这人,一直都挺装的,最早我们吃螺蛳粉的时候,她就很排斥,后来被我们带的,不也爱上了那个味道了嘛。最看不惯这种所谓的小清新了,活着累不累!"

"是啊,何必呢,人家汤唯还直言不讳自己爱吃回锅肉呢,重口味又不是什么丢人的事情。"

眼见气氛有点不友好,我赶紧岔开话题:"你们说,刚吃完螺蛳粉就跟人接吻,对方会是什么样的感觉?哈哈……"

我们三个笑成一堆,没再继续议论田田。

而后的日子,我们或多或少有点孤立田田,吃螺蛳粉的时候,我们再也没叫过她。

记不清隔了几周,放学的时候,田田突然主动跟我们一块走。

"你们今晚还吃螺蛳粉吗?我太久没吃,忍不住了,怎么办?"田田说。

"那就别忍了,吃呗。"我说。

"味道太重了,吃口香糖、喷香水,都不太顶用。"

"人家都说啊,谈恋爱的第一个月,你不是你自己,你只是自己的形象代言人。你们在一起也够一个月了吧,时间差不多了,该让他知道这个残酷的事实了。"

说罢,我拉着田田往螺蛳粉的摊位走去,她半推半就地买了一份,居然还是大碗的,吃得比谁都香。

吃完螺蛳粉,田田决定不出门约会了。

我们怂恿她:"去!一定要去!证明他对你真爱的时候到了!你不仅要去,还要穿着这身臭烘烘的衣服去,还要可劲地亲他。"

"你们太坏了，我这样会把他吓着的。"田田羞得脸都红了。

"去吧，真没事儿，大不了他不要你了，你回来哭呗。"说罢，我很文艺地学她最爱的电影《甜蜜蜜》中的经典台词，对她说："傻女，别哭了，吃碗螺蛳粉，舒舒服服洗个澡，睡一觉醒来，满街都是男孩子，个个都比那混蛋好。"

于是，田田乐呵呵地出门约会去了。

结果当然一点事情都没有，她男朋友根本不介意她身上的味道，一如既往地喜欢她。

一个人真要是喜欢你啊，你的一切都是好的，他不仅喜欢你这个人，还会喜欢你喜欢的一切。你爱吃螺蛳粉，他就跟你一起吃，你爱小清新，他就跟你一起不食人间烟火。

找到一个不功利的爱好，
让它陪你留住天真

　　我的住处是一个老旧小区，小区里零星分布着几家给自己取名"某某超市"但实际只是杂货铺的小店，店面规模类似，卖的东西也大同小异。

　　我每次都去同一家店买东西，因为可以顺路围观店老板下象棋。

　　店老板是个痴迷下棋的小老头，戴着眼镜，有点秃顶，我不记得他的样子——因为他大部分时候都在下棋，只能看到脑门，见不到正脸。

　　天气好的时候，他搬出小桌子，跟一群老伙伴坐在店门口下棋，天气不好的时候，他把"战场"搬到室内，在卖烟的货柜上下棋，我甚至见过，他一个人自己跟自己下棋，走火入魔似的。

　　买东西时如果刚好碰上他棋局危机，他对你则爱答不理，匆忙瞟一眼你手里的物品，说出价钱，连收钱的工夫都没有，扔下一句"你放那就行"。

　　我感觉对他来说，下棋才是主业，开店只是副业。

　　老顽童一般的他很有意思，我常担心他这样做生意会挣不到钱，所以每次都特意去他家买东西。

我象棋下得不好，但是挺喜欢观棋，看到老者们那种铆足了劲的认真模样，觉得特别天真可爱。

很羡慕小店老板有这样一个爱好，不指望它成名成家，也不靠它养家糊口，但能忘我地沉浸其中，在平凡的生活里，溅起几朵水花。

我的父亲在党政机关工作，年轻时，是个文艺积极分子，歌唱得不错，各种乐器都会一些。

虽然现在已是年近五旬的大肚子胖叔，假期少，事务多，被工作压得喘不过气，但是难得空闲的时候，父亲还是会关上房门，享受自己作为一个文艺青年的独处时光，哦不，文艺中年。

父亲弹琴的时候，我能感觉到他的自由快乐，在那个瞬间，他不是忙于政绩的机关干部，也不是挣钱养家的父亲，他是他自己。

有一次，快递员送货上门，父亲正在房里弹琴，签收包裹时，听到琴声的快递小哥跟我唠嗑："家里小孩多大了？这琴弹得不错啊！"

我尴尬一笑："不是小孩，是我爸。"

小哥试图掩饰自己的尴尬，补充问道："你爸是搞音乐的吧？"

我说："不是，就是他的个人爱好。"

小哥意味深长地说了一个"哦"。

很多兴趣也好，爱好也罢，放到成年人的身上，看起来总是有些奇怪。甚至会给人一种错觉，一种"如果不是以此为业，成年人就不该拥有爱好"的错觉，否则就是不务正业。

成人的世界里，目的至上，大家总想着做这个有什么用、做那个能收获什么，仿佛一切的一切，都应该是等价交换，否则就亏了。

人们比来比去，比财富比地位，而我心目中最大的赢家，却是那些能留住"无用功"的人。

他们敢于去坚持一些"没什么用"的爱好，挣不了钱，成不了名，甚至装模作样的功效都没有，就是单纯图个乐。这样的人，无论多少岁，依旧能活出孩童的轻盈。

如果你有这样一个不带功利色彩的爱好，无论生活多忙多苦，请一定不要把它弄丢了。

它能在枯燥的生活里喂你一颗方糖，亦能在老朽的岁月里陪你留住天真。

人活到多少岁，
才会来不及啊

周末跟老朋友见面，聊了许久的天，两个二十多岁的年轻人，居然在"遗憾"这个话题上花了很长时间。

她说，很遗憾考研落榜的那年，自己没有选择"二战"。现在自己的工作单位，刚好就在落榜的那所大学附近，她每次坐公车去上班，都会途径学校，三三两两、有说有笑的学生进出校门，她总是不忍心看。

我问，为什么不忍心。

她说，那种感觉就像因为自己不够好，所以只能眼睁睁地看着自己喜欢的男生挽着别的姑娘。

我鼓励她，现在再去考研也不晚，可以再试试。她叹了一口气说，年纪不小了，来不及了。

回家后，我一直在想，人活到多少岁，才会来不及啊？朋友如果再年轻三四岁，她会辞掉工作清心寡欲地回去读书备考吗？我不知道，反正，我大概不会。

有时候,"来不及"好像跟年龄没什么关系,自己要是觉得来不及啊,一定会来不及的。

几年前的一次旅行中,在尼泊尔的一家旅店的前台,遇见四个老大爷。

从他们彼此交流时所用的手语,可以看出,他们是聋哑人,他们没有导游带队,也没有亲人陪伴,甚至不懂英语,居然就这么咋咋呼呼结伴出游了。

领头的老大爷在跟前台交流时,掏出一个本子,在本子上画了两个简笔的房子,每个房子里有两张床,前台小哥立马会意,给他们开了两个双人间。我当时站在一旁,本来还想去帮忙呢,看样子完全不需要。

吃完晚饭,我坐在阳台的长椅上乘凉的时候,发现其中一个老大爷正靠在旁边的桌子上写字,我厚脸皮地坐近了一点,想瞄一瞄他写的什么。

结果被他发现了,他没有生气,只是慢慢合上本子,朝我慈祥地笑了笑,然后拿出随身的便利本,写了一句话递过来:"你也是中国人吗?"

我接过本子,写上:"是的,我好佩服你们。"然后,我和老大爷就像面对一个纸质版的聊天对话框似的用文字无障碍地交谈起来。

从交谈中我得知,他们四个都是退休人员,四个人是很好的朋友,对英语一窍不通,都是聋哑人,他们想趁着腿脚还算灵便时出国走走,便选择了尼泊尔这个临近又消费不高的国家。

他们是一路玩过来的,出境之前,先去了没通公路的墨脱,还去了白雪皑皑的珠穆朗玛峰。

他写到珠峰的时候,还骄傲地掏出相机给我看他们四个在珠峰脚下的合照,笑得特别灿烂,还有老大爷举着剪刀手。

觉得他们好棒啊,我简直化身"迷妹"。

在后来的游玩中,我偶然又在一个象园遇见他们。象园有个互动项目,是游客坐在大象的背上,跟大象一起玩水,大象会把水吸到鼻子里,然后喷到背上的乘客身上,很刺激好玩的样子,但我怕水也怕脏,并没有去玩。

想不到的是,四位聋哑老大爷中,居然有两个人玩了这个项目,一身全湿,还乐呵地比画着,让岸上的老大爷帮忙照相,那一刻我觉得他们和健康老人没有任何区别,甚至比他们更健康,更年轻,特别可爱。

临走的时候,他们拉着我一起合了影,我站在他们正中间,挺羞愧的。

我想到自己中学的时候很想学舞蹈,高中的时候很想学游泳,最后都因为自己年龄有些大,身体不如孩童灵活,不好意思当一名大龄初学者而放弃。

可他们,都退休了,本应该在家散散步、晒晒太阳的,心中有梦,还是会像小年轻一样,不顾家人反对、不顾异样目光背上行囊出发,年纪大没关系,聋哑没关系,不会英文也没关系。

人活到多少岁,才会来不及啊?不是三四十,也不是七八十,只要你想,多少岁都来得及。

人真想做一件事的时候,眼睛里是看不到阻碍的。

爱好和坚持，
终能带你到想去的地方

漫长又慵懒的暑假开始了，又将有一大波学生朋友可以背上行囊去寻找诗和远方。

作为一个再无暑假的打工族，突然很想写一写，自己大学期间积攒旅费的经历。

大学四年，我去过三个国家和十来个省份旅行，虽然去的都不是什么了不起的地方，但是，旅行的每一分钱都是靠自己的双手挣来的，希望这一篇算不上干货的碎碎念文章，可以给向往远方但又余额不足的你一些帮助，或者，打一点点鸡血也好。

曾经在北岛的《青灯》里读到一句话："一个人行走的范围，就是他的世界。"当时特别喜欢这句话，也特别想让自己的世界可以大一点。

但是作为一名余额不足的大学生，一想到诗和远方，我的钱包就开始慌张。怎么办呢？不想跟家里开口要钱，更不想欠债，那就只好自己去挣钱。大学期间，我挣钱的途径主要有两个：一是兼职，二是写稿。

兼职的话，我当过助理导游、当过辅导班老师。当导游的时候，我在高速路口独自搭过车；当老师的时候，我在三尺讲台被学生气得流过泪。这两段经历都没有特别长久,收入也较为微薄,但学到了不少东西,也提前体验到了成人世界的不易。

写稿是我大学四年的主要经济来源,在那个公众号还没兴起的时期,我写稿只有两种收入途径:一种是稿酬,一种是奖金。

稿酬的话,杂志为主,被选入文集算是偶尔的锦上添花。

杂志的交稿期一般都在月底,每个月的月底我都过得惨不忍睹,要上课,还要给好几本杂志交稿,像一天打了两份工,熬起夜来也是没个头。

但杂志有杂志的好,尤其是名气大一些的杂志,发表的文章很容易被其他杂志转载,有的文章热度高,甚至能被十几本杂志转载,而每一次转载,都会有稿费。

许多转载类的杂志,如果作者不主动联系,稿费的事就会糊弄过去。我反正脸皮厚,没事就去报刊亭、图书馆翻杂志找自己被转载的文章,还去一些期刊网站搜自己的文章名,经常有新的收获。

然后我记下一堆电话号码,开始了客服一般的"电话讨债"模式,人家一般都会给,虽然有的钱真的很少,但再少也是钱,买不了一张远行的机票,能买几公里路程也不错。

大学毕业的时候,我用超市里装饼干的那种纸箱,寄了整箱杂志回家,有二十多斤,打包的快递大叔说:"什么杂志这么好看?毕业了还寄回家,邮寄费都比杂志本身贵吧?"我说:"嗯,挺好看的,都是我写的。"

至于奖金收入,说起来有些不好意思,它并没有听起来那么高端。

那段时间,我为了攒旅行路费,简直化身小财迷,参加了一些稀奇古怪的文学赛,某某酒业的品牌故事大赛、某某景点的文化名人大赛,听名字就知道有多无聊多冷门，所以，这种小比赛的奖金好赚，认真地做点功课，得个名次还是不难的。

有时怕被熟人发现，显得丢脸，我还给自己取了别的笔名，具体叫什么我就不说了，毕竟每个奖项听起来都像一段"黑历史"。

虽然攒钱的过程回想起来偶有辛酸，但每次出去玩，真的好开心。

我在与世隔绝的岛屿静候过日出和日落；我在飞机上鸟瞰过世界上最高的山峰；我骑着大象穿越过动画片般的原始森林；我乘着滑翔伞飞跃过油画般的山川河流……

我也不知道旅行的意义是什么，只是想去远方看一看而已，大概就是杨丽萍所说的"当一次生命的旁观者"吧，去看一棵树怎么生长，河水怎么流，白云怎么飘，甘露怎么凝结，花儿怎么开的。

现在的我，虽然想起诗和远方，心里还是会忍不住泛起波澜，但是，我不会再感到慌张了，因为在我最想看远方的年纪，我靠自己的双手，让自己不慌不忙地去看了。

接下来的日子，我要当一个不动声色的大人了，旅行也许再也不会成为我的终极梦想，但我一直会记得大学时那个默默积攒旅费的自己，那个夸张又可爱的小财迷，她去了她想去的远方，我也活在我珍惜的当下，我们都是快乐的。

希望每一个向往诗和远方的你，都不要慌张，爱好和坚持终能带你到想去的地方。

年轻人的乡愁，
是长在胃里的

  结束北京实习回家短住，母亲总在话语中给我"下套"。
  问昨晚睡得好吗？我说好。她说，还是家里舒服吧，不要离家太远了。问今天的菜好吃吗？我说超好吃。她说，还是家里好吧，外面想吃也吃不到。问空气好吗，心情好吗，一切都比外面好吗？
  感觉她像一个天真的小孩，"外面"是她的假想敌，她用美食和安逸来拉拢我，让我跟她做朋友，不要跟"外面"一起玩。
  我的母亲是一个典型的小城女人，她从上学到工作，都没有离开本地，且二十多年没有换过工作。她的生活既稳定又健康，每天准时起床不需要闹钟，坚持步行上班，每晚饭后散步，不跳广场舞。
  她认为女人如果不搞学术没必要念太多书，认为生小孩是一个女人最大的价值体现，认为老师、医生、银行职员是三个最棒的职业。她希望我能有一份离家近的体制内工作，嫁个老实人，早点让她抱外孙。
  她活得特别简单，甚至有点可爱，算是与"诗和远方"相反的一种理想主义吧。我对她的人生观没有意见，这是她的选择，只是我刚好，站在了她的对立面而已。

我贪玩,贪恋明天的各种可能性,宁愿在陌生的城市里辛劳与折腾,也不愿意在白水般的安逸里日日重复。

在北京上班的日子,因为物价贵和饮食不习惯,大部分时间我都自己做饭。出租屋的厨房里,原房客留下了一些没带走的厨具,老旧劣质,想着可以省钱,能用的我都将就着用,没买新的。

一次炒完菜洗锅时,我端起锅,突然锅柄断了,一半握在我的手上,另一半整个锅直线坠落,重重地砸在了大理石橱柜上,砸出几条巨大的裂痕。刚洗完锅的脏水溅到我的脸上,它是温的,却让我在潜意识里以为是滚烫的,我闭着眼睛,捂着"被烫伤"的脸泣不成声,以为自己这辈子就毁容了。

冷静下来后,照照镜子发现没事,我洗干净脸,擦干眼泪,开始独自收拾残局。把一片狼藉的厨房擦洗干净,扔掉了那口罪魁祸首的旧锅,给房东打电话道歉,协商赔偿事宜。在等房东上门的时间里,我扒拉了几口冷饭垫肚子。

在那个瞬间,我好想给母亲打电话倾诉,想把刚才的委屈告诉她,电话快要拨通又被我迅速挂掉了。这个电话不能打,我们隔得太远了,她对我的担心会随着距离而剧增,九江到北京的一千多公里,是母亲担心的一千多次方啊!我最终还是没有打这个电话,房东来了,检查一番后,让我赔款500元,我身上现金不够,问结算房租的时候交可以吗,他说不行,可以现在给他网络转账。

在家期间,看到自家厨房的橱柜,随口问了母亲买橱柜花了多少钱,橱柜最上面这一块板要多少钱。得知数额后,抱怨了一句"房东多收我赔偿金了",发现自己说漏嘴了之后,我只好把那天发生的事情告诉了母亲。已经过去很久了,我讲起来也轻描淡写的,只是母亲,听着听着哭了起来,她心疼我,我也心疼她,这种心疼,在未来的很多年里都将持续。

我对自己的未来有过很多种规划,没有一种规划是留在父母身边,白眼狼大概就是我这样的物种吧。可是,再白眼的狼,也不能被剥夺想家的权利。虽然从未打算回家工作,但我总是会经常想家,想家的时候,总是先想起家里的几道菜。

母亲有几道菜做得超级棒:啤酒烧鸭、蛋烫粉皮、卤鸡爪、麻辣海带……说起来都不是什么了不起的大菜,就是特别好吃,是任何一家餐厅都做不来的味道。其实我厨艺不错,喂饱自己没有任何问题,但是母亲拿手的这几道菜,我一道也不会做,我也不想她教我。

或许因为我太年轻了,不懂什么是"万里长征人未还",也不懂什么是"乡音无改鬓毛衰",我只知道,半夜想家的时候,肚子会饿。年轻人的乡愁,大概都长在胃里吧。思念太抽象了,爱也太抽象了,但家里的一道道菜是具象的。

我想你,我爱你,都太羞于说出口了,我想吃你做的菜,我想和全家人一起吃饭,这样比较好说一些。这几句话的含义其实是一样的,都是:我想家了。

如果你的母亲会烧几道拿手菜,千万别让她教你,教会了,你就离家更远了。

2
上帝阻碍你的时候，
可能是在保护你

上帝阻碍你的时候，
可能是在保护你

高考失利的那年，我度过了最漫长的夏天。

我把自己关在房间里，哪儿也不想去。我感觉，我生长的城市突然变得异常拥挤，只要我走在街上，就一定能遇到熟人，熟人只要开口说话，就一定是打探分数和录取的消息，为了降低遇见熟人的概率，我只好减少自己出门的机会。

一次，我鼓起勇气出门去同学家玩，她一个人在家，正在电脑前专注地逛着淘宝，把我迎进门后，她说："你来得正好，两个月后就要开学了，我要买一个大大的行李箱，正在几款中纠结不知道买哪个好，你来帮我挑挑。"

我挑着挑着，居然很不争气地泪眼模糊了，我觉得那些行李箱都好好看啊，但是都跟我这个即将重回高中教室的复读生没有什么关系，我的眼泪抑制不住，电脑页面完全看不清了。

她察觉到了我的异样，也反应过来我的处境，连连说着对不起，说自己没有炫耀的意思。我说："没有没有，你什么都没做错，是我自己的情绪太糟糕了。"

总之,那个青春正好的长夏,充斥着我的玻璃心,回想起来,还挺抱歉的。

我高二休学了大半年在家写作,后来重返课堂,面对一堆知识点,活脱一个文盲。对于那次高考,我和我的家人都没有报太大期待,只想着我这么反感应试教育,考一个马马虎虎的大学走人算了。但命运弄人啊,在你想凑合的时候,就偏偏连凑合的机会都不给你。

考试失常加报考失误,七月份的时候,我没有被任何一所大学录取,别无选择地走进了复读班的课堂,彻底明白了在应试教育下理想主义会是怎样的下场。

我从无法接受到渐渐静下心,从抱怨命运弄人到接受塞翁失马焉知非福的自我慰藉,那段时间天天在睡前闭着眼睛给自己熬心灵鸡汤,虽然矫情,但还挺奏效。

后来学校为了保证升学率,在补录的时候,帮我填报了一所尚有缺额的偏远学校,我在复读班已经读了大半个月的时候,我的录取通知书到了。

班主任问我,要不要去念这所大学?我有点懵,说我不知道。

班主任跟我说,你自己要想清楚,复读这一年会很辛苦,但念了不喜欢的学校,以后的许多年都会很辛苦。我知道这句话他对很多人都说过,但在那个瞬间,这句话还是猝然击中了我。

回家后,我让母亲帮我把录取通知书保管好,最好是锁在那个我不知道钥匙放哪儿的柜子里,9月8日之后才能给我。因为9月8日这所大学就开学了,即便我后悔,也已经来不及了。

母亲看我一脸正气,开我玩笑说,既然如此铁了心不去,何必要等到9月8日，不如现在就把它撕掉？我弱弱地说，第一次收到大学的录取通知书，即便不是自己喜欢的大学，也想留个纪念。

9月8日的那天清晨，我走在上学的路上，心中还是有一丝莫名的伤感的，但伤感归伤感，我并不后悔。

复读的日子，就一笔带过好了，因为，它确实不怎么愉快。无非是做题、考试、出分，还有周末在QQ空间浏览我同学们的大学生活，今天这个抱怨军训累，明天那个抱怨食堂难吃，可即便是抱怨，也让人好生羡慕。

一年其实很快，转眼我就又坐在高考的考场里了，旁边的女生在刚拿到卷子时举手问老师，自己的试卷上为什么没有条形码，我作为前辈，淡淡地在心里回复她："年轻人，着什么急嘛，那个老师待会儿会发。"

出录取结果的那天，全家人一起松了口气，这口气在胸腔里卡了足足一年。我生长的城市从那一刻开始，又回到了从前的大小，街上不再有那么多熟人，熟人见面也不再有那么多问题，我也可以在家里逛一整天淘宝，可以纠结"选这个箱子还是选那个箱子"了。

我去了自己喜欢的大学，读了自己喜欢的专业，这四年的大学生活，充实而满足。当初以为应试教育和理想主义不共戴天，但闯过应试教育的关口才发现，理想主义其实就藏在它的身后。

高中时觉得休学才能从事的写作，在大学的课外生活里自在生长，我写杂志写书写公众号，再也没有人指责我不务正业。

2016年6月20日，我正式毕业了。在毕业典礼上，穿得像一颗胖花生的校长，把我学士帽的流苏从右边拨到左边。

那个瞬间真的好感慨啊，我好想用鸡汤句式对校长说上一句"我多奋斗了一年才站在这里被你拨流苏",可惜脸皮薄,没好意思。

毕业典礼的最后一项是齐唱校歌:"麓山巍巍,湘水泱泱。宏开学府,济济沧沧……"唱着唱着,我就哭了,我爱母校,谢谢复读的时光把我带到了这里。

在那些苦涩的瞬间,我们觉得要死了,这辈子肯定就完了。其实我们不会死也不会完,只是原本想走的那条路突然被封了而已,何必蹲在原地哭泣,站起来找另一个出口就是了,新的征途或许更适合自己。

上帝阻碍你做某件事的时候,可能真的不是在刁难你,它只是在保护你,保护你不去将就当下,送你去更好更美的远方。

谢谢我的不幸运

我家乡有句方言叫"拐子马",字面上理解是瘸腿的马,实际多用来指代偏科生,认为他们弱项的学科就像马的瘸腿一样影响全局。

小雨就是典型的拐子马,高中时期,她的英语一直保持年级拔尖水平,数学也顽强坚守着惨不忍睹的水平。

人有时就是会跟某项事物八字不合的,即便她为数学花费了很多时间,依旧没什么提高,最终因为高考数学的超低分,总分距二本线差一点点,抱憾念了一所三本院校。毕业这么些年,班主任还在拿她当反面教材警醒后面的学弟学妹。

她自己倒是个乐天派,觉得念了喜欢的英语专业,再不用搭理数学,这就足够开心了。她生活自律,参加各种英语活动和比赛,兼职当家教的同时还年年拿奖学金,大学生活相当充实。

我从没见过她哭,但有一次,她在电话里哭了。

她把自己的英语家教信息放到网上,有位家长跟她联系,让她为自己初二的儿子补课,告知了住址和时间。等她借到了初二的教材,细心备好了课,准时到达对方家中时,她发现,客厅里还坐着另外一名女大学生家教。

孩子家长对小雨说:"我先联系你的,后来觉得她也不错,这样吧,你们每人为我儿子上一会儿课,谁讲得好我就请谁。"

虽然对这位家长很无语,小雨还是硬着头皮把课讲了,两位家教试讲完毕后,家长先让孩子表态。孩子说更喜欢小雨讲的,家长却执意选择了另外一位家教。

我追问:"为什么呀?"

小雨说,那个家长把孩子拉到一边小声说话,说了什么听不见,但孩子的反问她听得一清二楚,孩子问"一本和三本有什么区别",妈妈没有回答他,表情很夸张地示意他小声点。

显而易见,另一位家教来自一本院校,家长跟孩子说要选一本的那位,不要选三本的。

小雨憋着气准备离开时,这位奇葩家长没有丝毫支付报酬的意思,只是挤出一脸笑说:"不好意思啊,你来回坐公车要多少钱?我补交通费给你。"小雨说,几块零钱,不用了。

出门时,小雨觉得还应该再说点什么,她回头对那位初中生说:"小弟弟,我回答你刚才的问题吧,你觉得我讲得更好,但是你的妈妈选择了另外一位,这就是一本和三本的差别。"说完她把门关上,跑下了楼。

我听完她的遭遇窝了一肚子火,让她把这个混蛋家长的电话号码给我,我要帮她讨个说法。她说算了,当了这么多次家教,碰到的奇葩家长也不少,今天终于挺直腰板,回了句嘴,觉得自己还挺酷,不吃亏。

我被她逗笑了,她自己也破涕为笑。她没有在朋友圈倾诉自己这次的不公遭遇,那天之后,她也再没跟我提起这件事,她身上好像有一个迅速清理情绪垃圾的神奇机器。

这次的遭遇，让她坚定了自己要考研究生的想法，我对她很有信心，毕竟英语专业考研不考数学，她不再处于劣势。

她的目标是某所一线城市的一本类专业院校，难度和竞争都很大，为此，她大三的暑假没有回家，也没有做任何家教，在省图书馆附近租了房子，全身心备考。

我去过她那间长得像车库的出租屋，只有一层，很矮很矮，踮起脚能摸到房顶，盛夏的烈日烤得房顶发烫，没有单独的卫生间，洗澡得自己烧水，然后拎着小桶走到十几米外的公共间，洗完出来，天全黑了，这十几米也没有路灯，感觉黑夜的任何角落都藏着未知的危险。

我跟她说："苦不能白受，一定要考上啊！"

她笑嘻嘻地点头说："没有很苦啦，我另外一位考研的同学，她的出租房还没有空调呢！"

和高考一样，"差一点"魔咒，再次发生在她的身上，差四分过线，我一边心疼一边笨拙地安慰她："六百多人竞争三十个名额呢，你已经打败大部分人了，已经很厉害了。"

她没有哭，买了一张火车票，十几小时的长途跋涉，去看了一眼她无缘的那所学校。

然后给我打了一个漫游电话说："我觉得人不能认怂，差一点又怎样，付出更多去补上就好了，我明年还想考一次。"

我被她动容，但是未来的各种未知让我无法跟上一年那样全力支持她。她让我放心，她会去找工作，一边工作一边挤时间备考，不让家人和我为她担心。

后来,她找到了一份相对清闲的工作,也在离单位很近的地方,租到了性价比不错的房子,比之前那个"小车库"好太多。

她白天上班晚上备考,卧室只有一张桌子,是一个梳妆台,上面堆满了考研辅导书,角落里几样零星的化妆品在它们自己的地盘显得势单力薄。

我问小雨:"后悔过吗?"

她说没有,相反,她有点感激自己一直以来的不幸运,如果高考多了那么几分,如果考研多了那么几分,如果请家教的那位选择的是她,她或许就不会这么拼了,或许这几年就浑浑噩噩过去了。

"因为不幸运,所以要拿很多别的去补上。"

今年夏天,我途经她的城市,在她的出租屋里睡了个午觉,醒来时发现她没在我睡觉的有空调的卧室里,她在小客厅里坐着,满头大汗,我说:"你怎么不待在空调房啊?"

她说:"我感冒了有些咳嗽,怕吵着你睡觉。"

我几乎要哭了,人生迷迷糊糊过了四分之一,却那么走运地遇到她这样的好朋友,此生荣幸。

十二月,小雨将迎来她人生的第二次研究生考试,祝她顺利。

努力乐观如她,值得拥有世上一切的好。

按自己内心去活，
而不是按别人说的

好友爱洁辞掉报社的工作，打算改行去做主持，周围的人都说她疯了。

大学一毕业就进了报社当编辑，朝九晚五周末双休，工作体面又轻松，说不干就不干了，还想当八竿子打不着的主持人，这可不就是疯了么。

爱洁不算漂亮，没接受过任何主持方面的训练，甚至连从事主持行业的朋友都不认识，"想当主持人"这个她羞于说出口的心愿，猝不及防地在二十五岁的夏天发酵了。

那天，她坐在办公室里校对稿件，旁边应付工作的同事刚刚平静地迎来自己三十岁的生日，她看着同事，仿佛看到一面穿越时光的镜子。是的，五年后的自己会怎样，看同事就知道了，十五年后的自己会怎样，看办公室里的副主编就知道了。

在这种"闲差"的工作环境里，明天变成一个不会让人怀有期待的概念，因为每个人都知道明天长得跟今天一个样。

爱洁样貌文弱，骨子里却有着敢想敢做的劲头，她不愿意年轻的自己把生活过成不断重复的样子，她人生的前二十五年都很听话，听老师话、听家长话、听领导话，这一次，她想听听自己内心的话。

很快，爱洁辞职了，工作两年攒下来的积蓄，至少够她大半年的时间里不会饿死。

她想得很清楚，放空自己，从零开始去触碰主持行业，哪怕最终无法手握话筒站在舞台上，也不后悔，就当是在下一段工作开始前，给自己放了半年假。

爱洁一直在网上关注各种主持行业的讯息，刚好看到有主持公司招学徒，赶紧联系了对方。

对方回复说："你都毕业两年了，也没有相关主持经验，这种没工资还要打杂的活儿，可能不适合你。"

爱洁说："没关系的，我不要工资，我是主持行业的门外汉，打杂也能学到东西，把我当徒弟使唤就行。"

然后，爱洁得到了这个机会，成为一名大龄学徒。不少正式的主持人年纪都没她大，她也不觉得尴尬，把自己心态放低，把每个人都当是前辈。

爱洁是闲不下来的性格，哪里缺人手就去哪帮忙。

她的工作中，有相当一部分是跟主持毫无关系的。她拿过外卖，熨过衣服，还跟场工师傅们一起搬过道具，她也不抱怨，有人喊就屁颠屁颠去帮忙。

公司里的人，都挺喜欢她的，包括主持人们，也经常拉她帮忙背背词。

大部分主持人是被允许握着台本小卡片上台的，但是有些婚礼现场，新人会要求主持人脱稿,这样显得更庄重典雅。

毕竟是毫不相识的人,哪能那么轻松把新人的爱情故事和信物誓言背得清清楚楚呢。主持人背诵稿子的时候,会让爱洁帮忙拿着稿子检查是否有误,有时候,顺了几遍稿子,主持人还是磕磕巴巴,爱洁却已经能把内容背下来了。

主持人们常会羡慕地说:"哇,你记性真好。"

爱洁谦虚地回应:"没有啦,就是觉得挺有意思的,看着看着就记住了。"

婚礼的台本,于公司的主持人来说是工作,是刻板的背诵,于爱洁来说,是学习,是兴趣,是带着求知欲的阅读,当然会记忆得更深刻。

排练的时候,偶尔会有搭档不在场的情况,大约是有其他主持活动,爱洁便会被拉去当陪练。按理说,她只需要像个机器一样把自己那部分话说完,可爱洁却把自己当成一个主持人去说每一句话,念每一个字,念着念着,还能完全脱稿,主持人的手势和表情她也渐渐掌握了,看上去,还挺像那么回事儿。

爱洁到公司的第三个月,国庆节来了,公司上下忙得团团转。

国庆虽然是举国休息放松的日子,却是活动主持人们一年中最忙的日子,甚至有主持人笑谈:国庆假期自己连着结了五次婚。

是啊,结婚的、开业的、促销的,大家都挑国庆这个好时段,哪个活动不需要主持人呢?可专业的主持人就这么多,难免供不应求,预约晚了的,就只能选择不那么专业的了。

爱洁所在的主持公司,每个主持人都在超负荷工作,即便这样,依然忙不过来。这时候,公司的负责人找到爱洁,问她愿不愿意去主持一场婚礼,婚礼比较朴素,不是非常大的场子,让她别紧张。

爱洁连连说:"我不行的,我不行的,我太业余了,婚礼是新人最重要的瞬间,我怕自己主持得不好。"

负责人也是个直肠子,说:"我跟新人沟通过了,说专业的主持人没档期,这里有个学徒主持,价钱便宜不少,他们也接受,不会对你有太高要求的,放心。"

就这样,作为"替补选手"的爱洁登上了主持台。第一次在舞台上、在灯光下、在几百人的注视中讲话,那种感觉对她来说,新鲜又兴奋。

主持前的用心准备加上台上的良好发挥,这次婚礼主持得非常成功。新人和新人家属都对爱洁非常满意,这种满意也很快反馈到了公司负责人这里。负责人笑得合不拢嘴,客户的满意和他之前"能凑合就行"的低预期产生了强烈的反差,这让他觉得,不能再让爱洁打杂了,那样太大材小用了。

这次"误打误撞"的机会,让爱洁迈入了公司的主持人队伍,渐渐地,结婚典礼有她,商业演出有她,宣传海报上也有她。

她不仅主持能力在提升,外貌气质也因自律和自信而变得更好,就这样,她跟播音主持专业毕业的科班主持人们,平等地站到了一起。

爱洁很喜欢主持人柴静,也梦想成为像她一样优雅知性的新闻主持人,虽然自己现在从事的是商业主持,外人觉得他们商业主持人"一身铜臭",但她觉得没什么,商业主持也是主持,同样是握着话筒站在台上,这跟她的主持理想是契合的,至少不是做自己不喜欢的工作,也算是"曲线救国"。

工作之余,她像学生一样练声,自己花钱去上培训班。总有人跟她说"不用花冤枉钱去培训班,商业主持全都是套路,没有什么提升空间",但爱洁觉得，即便自己的理想是当新闻主持，但也要过好当下，过好作为商业主持人的当下，不辜负每一份职业。

一个人，在成为理想中的自己之前，是要做许多自己不喜欢的事情的，那些不喜欢的事情，恰恰是通往理想的途径。更何况，商业主持也不让她感到排斥，能上台讲话，她就很开心，每一次都是锻炼，每一次都期待提升。

许多人会在朋友圈发自己的工作日常，有的像流水账，有的像发给领导看的硬性任务，这些我都不太爱看，但我很爱看爱洁朋友圈里的工作日常。

她这天穿着明艳的红色礼服在主持楼盘的开业，那天穿着淡雅的旗袍在主持某个展览的启动。看她每天都像打了鸡血似的，元气满满，真是令人喜欢。

最近一次见面时，爱洁已经是有两年主持经验的主持人了，听她说话像在听广播，很享受。

今年，爱洁二十七岁了呢，是个会让家里逼婚，要去思考车贷、房贷、传宗接代的大龄女青年了，可是，她传递给我的却是，对明天充满期待的少女朝气。

听爱洁聊着她这两年的心路历程，很是触动，我也忍不住问她："别人说你疯了，说你不合适时，你是怎么坚持下来的？"

她笑着说："不能怪别人说我疯，连我自己发现我有当主持人的念想时，我都觉得自己疯了。大家总是会预判别人甚至预判自己的人生轨迹，什么人应该做什么事，但其实不能这样，没有改变的生活同样也没有了期待。要是两年前在办公室埋头校对、沉默寡言的我，看到如今开朗热情、自信大方的我，一定会吓呆的，也一定会爱到不行。别人笑我是情理之中，但他们笑他们的，我活我自己的咯，我通过努力来实现心愿，为大家提供一些生活中的不可思议，也算是一桩乐事啦！"

我喜欢《七月与安生》这部电影，七月与安生不仅是两个角色，更是生活中千千万万女孩的缩影，有些女孩是七月那样的乖乖女，有些女孩是安生那样的冒险妞。而爱洁不一样，二十五岁之前，她是乖巧的七月，二十五岁之后，她是叛逆的安生，她把人生活出了多一种可能。

是啊，没有谁生来就注定活成怎样，要按自己内心去活，而不是按别人说的。

一百平让年轻人变成一百岁

童话大王郑渊洁曾说过：一百分让童年变成一百岁。

想不到啊，我们这群从一百分噩梦里逃出来的"百岁老人"，居然在青壮年时期，又被房价打回了原形。

不同的是，小时候努力一阵子，就可以考一百分，现在想买一百平的房子，努力一阵子不够，几乎要努力一辈子。

努力一辈子，听起来好苦啊！

可就在大部分人被买房压得喘不过气时，也有一些人，因为买房而积极上进有奔头，好友老郑就是其中一位。今天想写写他的故事，或许在"压力山大"的当下，他能让你看到另一种生活态度。

老郑其实不老，只是读书读得早，比同龄人先工作了几年，加上自己爱折腾，年纪轻轻地便混成了职场老油条。

他的工作是传统电台的主播，虽说现在传统电台不太景气，但当年，老郑也是千军万马中杀出重围才得到这份工作的。

前两年，老郑按部就班地工作生活着，跟人合租房子，每天挤地铁上下班。

第三年的时候，因为经济有所好转，老郑自己在离单位不远的一个小区里租了一套三楼的小房子,配置和价钱他比较满意,房东态度也好到没话说。

怕房租涨价,老郑一口气跟房东签了两年的合约,房东痛快答应。老郑觉得自己是个幸运的人,遇到了贵人,租到了好房。

老郑为人开朗,入住后的日子,每次在楼梯上遇见邻居,不管认识不认识,他都笑脸打招呼,一开始,对方还有些尴尬,见面次数多了,也慢下脚步和他聊几句。

一天下班,他在楼梯口遇见五楼的住户,二人一同步行上楼,这位邻居欲言又止,神情不太自然,快走到三楼时,他终于开口了:"有件事不知道当讲不当讲,遇见你几次了,看你每天都笑嘻嘻的,应该也但说无妨。"

老郑问他是什么事。

他说:"三楼这家小户型一直是房东的母亲在住,前不久老人过世了,现在这么快就把房子租出去了,估计也没告诉你这件事。这些是我们的悄悄话,你可别说是我告诉你的。"

"谢谢你啊,没事的,我不太信这些东西。"告别了五楼的邻居,老郑掏出钥匙开门进屋。

房子不大,是小户型的两室一厅,次卧特别小,只适合用作杂物间,而主卧,只有一张床,摆在并不宽敞的主卧正中间。

老郑看着这张床,开始有点小郁闷,虽说不信那些有的没的,但他想到那个不相识的刚过世的老太太,前不久跟他躺的是同一张床,一米八的大男孩也感到了一丝寒意。

他掏出手机给房东打电话,问房东为什么隐瞒自己这么重要的信息,房东并不觉得理亏,说自己的母亲属于寿终正寝,不是非正常死亡，他可以不说。

老郑气愤地挂掉了电话，去网上搜了相关事例，似乎房东说的确实没错。事已至此，除非老郑违约赔钱另谋住处，否则只能吃个哑巴亏，继续住上一年多。

这天晚上睡觉的时候，老郑辗转反侧，觉得心理上还是有些介意，于是他起身，准备把床铺调换个位置，由正中间挪到墙边，虽然本来就不大的房间会因此显得更小更乱，但他也只能这么做了。

挪动床铺的噪声太大，楼下住户不满上来敲门，他只好暂停，将就着在挪动了一半位置的床上睡下了，第二天白天再搬。

因为工作累，晚上倒床就睡，短短几天之后，屋里死过人的事，老郑也就不怎么放心上了。

在单位的时候，他甚至还把这件事当夸张的笑话拿来跟同事打趣："下班后，要不要去我家鬼屋坐坐呀？"老郑的身上，似乎有一个迅速自我治愈的强大机器。

老郑的女朋友在国外读研究生，两年后毕业，老郑用爱和奋斗小心维系着这段异国恋情，老郑对女友说："好好读书，不要跟老外跑了，等你毕业我就娶你。"

此次的租房事件让老郑提前有了一个想法，他想买房，想拥有一套属于自己的房子，它是一个家，不是一个看人脸色的出租屋。他觉得自己可以住在刚死过人的屋子里，可以被房东骗，但他舍不得自己的女朋友以后跟他一起受苦。

为什么说这个买房的想法提前呢？因为对于一个普通家庭的年轻人来说，工作两年多，就想靠自己在大城市买一套房，确实为时过早了。

买房这件事，老郑有他的一套趣味观点："假如房子会跑步，不，这样说有点吓人。那就拿龟兔赛跑打比方吧,房子是那只兔子,我呢,就是那只乌龟,假如在我二十六岁的那年我跟兔子有一场比赛,可我爬得慢呀,于是我提前几年开始爬,是不是追上兔子的可能性会大一些呢?"

也对,早没什么不好,早预备着,总比突然有一天,现实生活劈头盖脸地打过来,脑子突然像被拧了发条般咯噔一下,一个声音在耳边说"开跑",然后眼睁睁看着房子在前面跑,自己无论怎么追也追不上要好。

老郑的电台节目时间固定在夜间,跟一般的上班族相比,他白天的时间相对灵活,他高效地在上午把晚上的稿子和音乐准备好,余下的时间,他可以再做些别的工作。

他带辅导班,主持婚礼,主持各大公司年会,也在商场卖过手机,虽然为了买房很希望多赚点钱,但老郑也有他的原则——不卖药,不讲荤段子。

他自嘲说,电台主播有电台主播的好,在电波里听众看不到他的脸,出去接商业活动的话,不怕被喜欢他的听众认出来,如果听众知道他晚上讲着那么温暖抒情的故事,白天却在商场吆喝着叫卖,大概会很失望吧。

我说:"不会啊,如果我是你的忠实听众,路过你的主持会场,我能听出你的声音,我不会失望,反倒会因为你努力赚钱一天打几份工的付出而感动。"

一天打几份工,偶尔也会出差池。一次,老郑接了某商场的下午场活动,活动截止时间比预计晚了整整两个小时,他顾不上吃晚饭,活动结束就跑出商场拦了一辆出租车,下班高峰加上异于往常的拥堵,整个城市几乎水泄不通,变成了一座"堵城"。

再这样没有尽头地堵下去,恐怕赶不上直播了。顾不上太多的老郑中途下了车,拦了一辆没有牌照的摩的,一身正装的他很有违和感地坐在摩的师傅的后座,破旧的摩托车在车辆间穿行,终于到了单位,他狂奔到播音室,总算没有错过直播。

每次播完夜间节目回到空无一人的家已是深夜,家里的收音机一整天都是开着的,老郑觉得,这样能在进门的时候,给他一丝家的感觉,热热闹闹的,不容易感到孤单。

我时常会羡慕电台主播的生活,他们工作的时候不用面对面跟人打交道,感觉轻松又神秘。

他说其实也没有我想得那么好,电台主播,尤其是一个夜间时段的电台主播,日夜颠倒的工作时间,会让他失去原本的社交圈子,晚上聚餐去不了,唱个歌、喝个酒就更不要想了。

这样的生活一开始让他感到不适,渐渐习惯后,他开始给自己找安慰的理由:没有夜晚社交也挺好啊,可以省下很多吃饭喝酒唱歌的钱,这样未来的房子又多了几块砖瓦不是。而且,真正的朋友并不是只知道一起吃吃喝喝的人。

老郑从来不动自己的工资卡,这是他鼓励自己赚钱的方式,他接主持、学生辅导等各种额外的工作,再辛苦也不花自己的工资,因为对他而言,这张卡里装的不是工资,而是未来房子的首付。

我问他辛苦吗,他说不会啊,自从坚定了要买房的想法后,自己就像是一艘小破船突然被安装上了马达,目标明确,动力十足,原来曾经自由散漫的自己,也能在洪流中划得这么快这么远,简直不可思议,还蛮好玩的。

就在两个月前,老郑买房了,虽然是二手房,虽然要按揭三十年,但是那笔首付的"巨款",是他靠着自己这张嘴,一句话一句话挣来的。

我是老郑的朋友,也是他的听众之一,我偶尔会在深夜的时候,戴上耳机收听他的电台,他说话的时候总是那么轻松自如。

仿佛,昼夜颠倒的生活和额外的多份工作,都不曾在这个年轻人身上发生过。

觉得老郑很励志,在他身上,一百平带来的压力不是一百岁,而是,一百分。

想去老郑的新家坐坐,还想,早点喝他的喜酒。

哪有天生幸运的传奇，
不过是长年累月的供给

2013年的时候，我老家一位同学，从他就读的大学休学去创业了。

他的学校还挺好的，虽不是顶尖名校，至少也是个发达城市的一本，也是高考大军们挤破头想进的学府。当时大家都觉得他太冲动了，觉得他一定会后悔的，甚至还有人摆出一副等着看好戏的架势。

但是谁能想到呢，事情的发展跟演电视剧似的，2015年冬天的同学聚会，我们还是一水的穷学生，为了聚会穿上了自己最好的一身行头，行头中还混杂着从淘宝上买的A货，精打细算找了一家团购的KTV，还非得以大包厢的人数挤在中包里，他呢，因为应酬迟到了一会儿，开着车来的——自己买的车。

这两年他成立了自己的小公司，做的是高端家具定制，从一开始的单打独斗，到现在有了十几个人的团队，创业途中，还挣了个未婚妻。

这件事情在老同学中炸开了锅，大家一个个感叹着"还读啥书啊，咱们都去创业吧""机会都是给胆大的人""找工作没意思，要干就自己当老板"……

讲真，大家嫉妒他运气好，嫉妒他像影片中的星仔、华仔、辉仔，任性妄为地揣着一沓零钱走进人生大赌场,外面的人不知道里面发生了什么,只知道他出来的时候,已经挣了个盆满钵满。

一开始,我也是"大家"中的一员,但是跟他聊了好几次,了解他的经历之后,连嫉妒都自己躲起来了,剩下的只有羡慕和佩服。

他不是今天脑子一热,拍桌子说一声"老子不读了"就休学创业去的,他休学前,做了非常充足又细致的准备。

他大一上学期自己做项目,为了拉人气,几乎敲遍了所有男生宿舍的大门;大一下学期参加各种创意研讨会,居然拉到了风险投资,虽然这个创意最后没做起来,但是积累了人脉和勇气。他耐苦耐劳又鬼点子很多,各种挣钱的门路都懂一些,休学前,跟家里跟学校做足了交代,并且自带储蓄。创业途中更是脸皮厚到没边,为了学习家装干货,主动在装修队白干了很久的活……

我们只看到他不读书后发了财,谁知道我们忙着在学校里逃课玩游戏的时候,他都做了些什么。哪有那么多背水一战的幸运传奇啊,不过是水到渠成的自我供给罢了。

在尼泊尔旅行的时候,我认识了一位打工旅行的中国姑娘,当时她正在我住的酒店里当短期的杂工,因为同是中国面孔,免不了空余的时候多聊几句。她很有意思,身上的故事多到我愿意为跟她聊天放弃一个本该出门看风景的下午。

她"打工旅行"的身份特别酷,真的,翻看她的朋友圈能把人羡慕死——这一天在卡帕多奇亚的热气球里俯瞰大地,那一天在贝加尔湖畔仰望星空。

她过着我不敢也不能的浪漫生活,我觉得她每天肯定都特别充实快乐，觉得有机会选择这样的生活真是非常幸运。如果我也能像她一样，没那么多生活琐碎的羁绊，想干啥干啥，想去哪就去哪，该有多好。

但了解后才知道，其实不是的，她的生活并不如我想的那么浪漫。

她告诉我，对于打工旅行者来说，旅行只是见缝插针，你无法长时间在风景里浪荡，因为你有工作在身。寻找工作的时间，有时可能多过工作时间，即便找到了，也大多基础乏味，打扫整层楼或者是在果园里晒上一天，收入微薄甚至没有收入（兑换成了食宿），抽空的时候，她还得凭借自身的英语特长，在网络平台用视频给中国的孩子上网课。

噢，这么听起来，确实不怎么轻松，也不那么浪漫。

说走就走的旅行背后，是枯燥乏味的打工，我们羡慕每一个环游世界的旅人，却总是忽略他们为了环游世界付出过什么。一夜暴富的传奇背后，是道阻且长的创业，我们羡慕每一个腰缠万贯的富人，却也总是忘记他们一路走来的辛苦。

那些令人羡慕的生活背后，往往是细腻稳定的自我供给，不侥幸，也不传奇。愿你拥有足够的幸运，更愿你做好足够的准备，迎接幸运的自己。

我脸上有道疤，
我还挺喜欢它

特别熟悉我的朋友会知道，我脸上有一道疤，在嘴巴的上方，鼻子的下方。

这道疤陪伴我十几年了，刚开始的时候挺懊恼的，觉得女孩子脸上有疤好自卑，可是渐渐长大，也渐渐习惯，感觉它和皮肤一样，已经成了我身体的一部分。

关于这道疤的来历，要追溯到我六岁的时候。

整个童年，只有六岁那年是清晰的，其他时间都好模糊，大概孩童的记忆都是选择性的，记住最美好的，抑或是，记住最不美好的。

那时候我跟母亲二人在她工作的医院附近租房子住，说是附近，其实步行也得二十来分钟，母亲很节约，平时都是步行上下班。

母亲每周要上两个夜班，夜班的时候就留我一个人在家睡觉，有时我也撒撒娇发发嗲，不愿意一个人睡，她只好把我带到单位，让我住在医护人员的休息室，值班途中可以来看看我，下班再把我带走。

我孩提时期有很多时光是在医院度过的，不是生病，仅仅是我没地方可以去而已。有人说自己是胡同里长大的孩子，有人说自己是田埂上长大的孩子，让我说的话，我大概是个医院里长大的孩子。

医院里长大的孩子，有着许多同龄人没有的经历：我拿大型号的注射器当游戏水枪，拿装满热水的吊针瓶当暖水袋，拿笔芯扎破试管再裹上医用胶布就是圆珠笔，喝酸奶找不到吸管时就拿消过毒的铁针头一样可以喝……现在讲起来好像这样的童年有点惨，但当时是乐在其中的。

当然，最乐的不是这些，最乐的是母亲在妇产科工作的那些日子，我一到单位就有吃不完的糖果、饼干和红壳鸡蛋，都是刚生完宝宝的家庭送到值班室来的，这不是送礼，这是分享喜悦。

可是那天之后，我就再也没有吃过妇产科值班室的美食了。

那天母亲下了晚班后把我叫醒，我因为起床气而不愿意走路回家，执意要打车。母亲拿我没办法，只好奢侈一回，带我打车回家。

我和母亲坐在出租车的后排座上，没有完全睡醒的我晕乎乎的。那天真是个中彩票般的日子，司机师傅是个新手，那是他第一天开出租车，我们是他的第一单客人。

回家要经过一处窄路，窄路一边是居民家的围墙，一边是条小河。大概是司机师傅太紧张了，经过这条窄路的时候，车子先是蹭到了围墙，然后他大力打了一下方向盘，我们仨就连人带车冲进河里了。

就在出事的那个瞬间，还在犯困的我，被身旁的母亲一把搂进怀里，她按住我的头，佝偻着身体把我包裹住，抱得很紧，很紧。

嘭的一声，整辆出租车翻身倒扣在河里，即便这样，我依旧还在母亲的怀里。

周围的路人纷纷下水来帮忙，把我们三人从车子里拽了出来，我什么事都没有,就是有些"流鼻血",司机师傅也没啥大碍,只是母亲的表情很痛苦。

那时候我不懂事,并不知道事情有多严重,我当时居然在想,司机方向盘边上放的那一沓零钱都漂在水上了,那些一块两块和五块,就要被水冲走了,好可惜啊!

母亲被送往医院,诊断结果是腰椎骨断裂。这个结果真的把我吓坏了,我以为母亲从此就要卧床不起了,就要当"残疾人"了,我特别愧疚,大哭不止,觉得母亲这样完全是我害的。

如果我不闹着打车,如果车祸的瞬间她不选择用身板护着我,也许,这样的悲剧就不会发生了。

后来医生和母亲都安慰我,说骨头断了没有那么可怕,能治好的,我才渐渐好过一些。

闻讯赶来的亲戚把我接了回去,大家都以为我只是流鼻血,其实不是的,我是鼻子下方被车窗玻璃划伤了,大概是所有人的注意力都在重伤的妈妈那,所以皮肉擦伤的我没有涂抹任何药物,甚至没有清理伤口,这也许是留下疤痕的原因吧。

出租车司机也是个苦命的人,买出租车的钱都是借来的,他和他妻子一起来我家赔礼道歉,拿着东拼西凑的一小沓钱,道歉的途中居然还扑通一声跪下了。

我家人都很心软,没有再追究他们的责任,连后期的医药费都是我们自己出的。

母亲结束了各种输液后,就出院回家静养,为了养好骨头,她每天躺在硬板床上一动不动,光是看着都替她感到无聊。

家里的电视在床头的左上角，躺着看电视需要仰着头，很费劲，我在床上给母亲支起了一面镜子，她无聊的时候，可以通过镜子看电视。

母亲就这么在家躺了好几个月，我也连着几个月没再在医院睡过觉。虽然从前很不喜欢医院里的味道和半夜走廊里急促的脚步声，可是如果母亲康复了，可以重新回归岗位，我愿意天天在医院里睡，保证不会哭闹。

漫长的卧床后，母亲渐渐康复了，可以下床时，她几乎不会走路。是啊，半年没走路，肌肉都退化了，我扶着她，靠着墙慢慢踱步，就像她当年教我走路一样。我那时候很矮，大概比一根拐杖高不了多少，但我那时候很懂事，母亲卧床的日子，我成长了很多。

后来，母亲重返工作岗位，调配去了别的部门，也因为这次车祸，爷爷奶奶搬到城里来跟我们一起住，我从此再也不用住医院了。

六岁的那场车祸，渐渐地驶离我的生活轨迹，只剩下一道疤痕，留作纪念。

刚开始，我是很抗拒那道疤痕的，甚至为此感到自卑。

上小学时，我同桌的顽皮男孩，会在我课间睡觉的时候，拿橡皮擦在我脸上磨蹭，说是试试这个疤是不是假的。

我当时很崩溃，立马就哭了，世界上难道会有女孩往自己脸上画个假疤痕吗？我又不是黑社会老大。为此我还去跟老师告了状，后来这位男同学还煞有介事地给我写了道歉信，具体内容记不得了，只记得有一句"你的疤是真的，我不该不相信的"。唔，感觉我俩在意的点完全不是同一个。

大概八九岁的时候，我开始看《哈利·波特》，我发现书中的这位主人公的脸上，跟我一样都有一道疤痕，而且居然也是，在他遭受危险时，他的母亲为了保护他而留下的纪念。我当时真的非常激动，感觉遇到了跟自己一样经历的人，他勇敢善良拥有奇幻人生，我甚至觉得，脸上同样有疤痕的我，某天也会收到猫头鹰叼来的魔法学校入学通知。

这大概就是我成为《哈利·波特》整个系列的忠实读者和我最喜欢的动物是猫头鹰的原因吧，它们在我因为疤痕自卑的岁月里，给了我关于疤痕的美好想象。

在我漫长的成长中，跟母亲有着各种各样、大小不一的冲突，有时我会觉得眼前这个女人非常的不可理喻，我怎么会有个这么野蛮的老妈，可是总在吵过闹过后的某个瞬间，不经意照镜子时看到那道疤，我会忍不住有些晃神，这个不可理喻的野蛮女人，也是车祸关头一把搂住我的那个女人，她是爱我的。

这个疤痕多次在我们闹僵的母女关系中充当"和事佬"，还挺谢谢它的。

随着年龄渐渐增长，我关于疤痕的介意也渐渐淡去，甚至有时，跟别人凑近了聊天时，别人问我："你嘴巴上面那块是什么？"我都会下意识以为，是不是我吃东西时不小心蹭到的食物。是啊，我都快要忘记我脸上有道曾经让我自卑的疤痕了，我早已容许它成为我身体的一部分。

就像有人会去文身，文一些对自己有着特殊意义的符号，这道疤痕，就是命运送给我的特殊符号。

读大学时，有位学长的手臂上有句法语文身，问他是什么意思，他说是"以父之名"，学长很爱他的父亲，这句文身像是父亲一直陪伴他左右。

那我的疤痕，就算是"以母之名"好了，至于是什么语，就魔法世界语吧，虽然我至今没有收到猫头鹰叼来的魔法学校入学通知，但在我的内心深处，一直有某种神秘力量在指引我前进。

一晃，那个会因为脸上的疤痕流泪自卑的小女孩，长成了胆大皮厚的大姑娘，"你脸上怎么有道疤"这样的话语，再也伤害不到我了。

我会微笑着告诉别人这道疤痕的来历，告诉他们我的母亲有多爱我，甚至跟他们"忽悠"一下：我和魔法世界可能存在的某种微妙联系。

我脸上有道疤，我还挺喜欢它。

我想帮自己一把

高考那年,我十八岁,我的后桌二十二岁。

没错,二十二岁。

他在四年前经历过一次高考,分数不太理想,便直接外出务工了,几年兜兜转转下来,他还是想圆自己一个大学梦,于是重回课堂,备战人生的第二次高考。

跟我们这群青春洋溢的高中生相比,在社会上摸爬滚打了好几年的他,显得有些沧桑,甚至比他实际年龄还要大,不知道的话,说他是任课老师都有人信。

刚开始,我跟他很少交流,虽然坐在他前桌,但对当时的我而言,他实在"太老了",老到我跟他没有共同语言,或者说,他的年龄,让我跟他多说一句话,都有妨碍一把年纪的他考大学的负罪感。

渐渐地,因为他不懂的题实在太多,他的同桌又是个学渣,于是成绩不错的我,在回答问题中跟他建立了友谊,也偶尔聊起他这几年的打工生活。

他在鞋厂里工作过,市面上的皮鞋,他看一眼就能知道质量如何;他在餐厅当过服务员,他让我少外出吃饭,因为餐厅的后厨,卫生情况堪忧；他还做过很苦的体力活，最后没坚持下来，没拿到工钱就走了……

他说，很苦的时候总会感慨，如果有个贵人来帮一把就好了，可人生又不是电视剧，哪来那么多贵人。

他刚开始工作的时候，觉得这些年念的书完全都没用，工作久了，接触的人多了，才渐渐发现：念书没用，只发生在念书少的人身上。

他在餐厅打工的时候，给写字楼送过外卖，办公区域的黑板上写着一些会议时留下的文字，明明是中文，他却完全看不懂。他望着那些衣着得体、谈笑风生的上班族，感到了自己和他们之间莫大的鸿沟。

在皮鞋厂工作的时候，面对着自动机器上那一双双移动的皮鞋，他感觉自己也像是一台机器——今天知道明天怎么样，运转时知道报废掉时怎么样。那时候他想，如果时间可以重来，可以重回高中的课堂，他第一天就知道要怎么度过。

后来，他鼓起勇气，给自己攒够了读书的学费和生活费，毅然决然以二十二岁的"高龄"重返高三课堂，他想在落榜彻底成为遗憾之前，再给自己一次弥补的机会。这一次，他想救自己一把，当自己的贵人。

认真读书的他，被老师当成全班的学习楷模，他也在某种程度上，充当着"不好好念书的后果"，给我们敲着警钟。

我想偷懒想放松的时候，回头看一眼他，似乎又多了一丝不敢偷懒的动力，与其说他是榜样的力量，不如说是警钟长鸣的震慑。

他上课坐得笔直，晨读时声音洪亮，问问题积极，笔记写得也工整详细，态度简直像个听话的小学生，有时会觉得他有点好笑，笑过又会感慨他很励志。

晚自习我们走了,他还在位子上坐着,课间我们聊八卦吃零食的时候,他也不会加入。他像一个快乐生活的绝缘体,虽然不合群,却不会让人讨厌。

不知不觉,六月的下课铃响了,高考结束,我们各自奔向自己的前程。

说句发自内心的话,我对他考得如何很是期待,已经超过对自己的期待,他太不容易了,我们都希望他能有个好结果。

毕竟远离课堂好多年,毕竟底子不是非常扎实,那么用功的他,最后只被一所二本院校录取。

他自己还挺满意的,他说,有大学读就很幸福,足够让几年前那个缝纫机旁、洗碗池旁的他慷慨激昂了。

没读大学的遗憾,他已经在岁月里回过头来弥补,那道与办公楼里说着他听不懂的名词的上班族之间的鸿沟,他也在靠自己的努力渐渐填平。

很多时候,谁都救不了你,只有你自己,你是酿成自己苦果的人,也可以是给自己熬制蜜糖的人。

那些帮你的人，
本可以不理你的

收拾抽屉的时候，发现一张略搞笑的证明文件，文件是用来证明"我是我自己"。

熟悉我的朋友都知道，"巫小诗"是我用了多年的笔名，在生活中，我还有另一个名字。

笔名对于作者有时是非常尴尬的，在只认公章和证件的官方面前，我没有办法立刻证明这个笔名和我是同一个人。

大四那年的一次投稿中，杂志主编关切地问我："开始找工作了吗？发表的那些文章，可以当个加分项。"

我说："快开始了，发文用的都是笔名，也不知道会不会有影响。"

主编直接说："杂志社给你开个书面证明吧，证明你的笔名是你，也许能派上用场。"

不久我就收到了这份证明文件，文件上不仅证明了"我是我"，还有一些对我的赞美之词，更细心地附上了这几年我在该刊发表的文章标题和期数。

我握着那两页纸，感动得不知道说什么好，像是徒儿要出门闯世界了,师傅说:"别怕,有人欺负你,就报为师的名字。"

这份证明在后来真的派上了用场,面对刨根问底的面试官,我不会为"我的作品署名不是我"而慌乱。

其实主编完全可以不理我的,他每天有那么多稿子要看,那么多事务要管,我不过是一个默默无闻的小作者,我找工作的事,跟他一点关系也没有,但他还是"多管闲事"了,而且管得这么用心。

我考驾照的事情总被朋友拿来说笑,因为同样一本驾照,我愣是比别人多花了几个月的时间,多交了几笔考试费,没别的原因,因为我笨,而且倒霉。

当年为考驾照可是哭了几次鼻子的,带我的教练很凶,开不好就骂,越骂我就越开不好,然后他就更凶地骂,直到把我骂哭。

考试前不久的一次练车,我到的比较早,坐在驾校等教练,另一位女教练在等她的学员。

女教练跟我聊天:"你就是昨天哭鼻子的那个吧?其实开车没有那么难……"她像得道高僧似的开导了我一会儿,居然说:"我的学员还没来,我带你练一会儿吧,看看你是哪里出了问题。"

说真的,如果我是每天面对蠢学员的教练,我真的一分钟的班都不想多上,更何况是别人的蠢学员,但是她居然义务劳动地陪我练了好几圈,指出了之前没发现的问题,并且一直鼓励我。

那次考试,被教练骂成智障的我居然神奇地通过了。

我找来号码,给两位教练都发了感谢短信,鉴于女教练不知道我的名字,我还署名了"隔壁教练的哭脸学员"。

她回复我:"祝贺,以后少哭。"我说:"好的!"

时常觉得，自己是个幸运的人，一路上跌跌撞撞傻头傻脑，却总能迎头撞上各种善意各种好，他们是主编是教练甚至是路人甲乙丙丁，他们路过我的尴尬、我的狼狈、我的不知所措，他们没有走开，还伸手拉了我一把。

越长大越明白，没人有义务，为别人的私事排忧解难。

每当听到"他都不帮我，他好自私啊"之类的话，总是觉得不恰当。

他可以不帮你的，这不是自私，这是他的权利，而当他放下手里的事，额外劳动地帮了你，请务必心怀感激，因为，他本可以不理你的。

感恩所有的帮助。

你口中的举手之劳，是我人生的意外之喜。

3

最好的礼物，
是你挑礼物时认真的样子

生活需要仪式感，
就像平凡的日子需要一束光

大约是从去年的秋天开始，我养成了一个买花的习惯。

我的书桌上，每周都会盛开一束小花，品种不一，芬芳各异。它们陪着我看书、写字、吃零食、追剧，相处十分融洽。

有花陪伴的生活，心情也像花儿一样。

就像羽微微的诗作《花房姑娘》里写的一样：天堂鸟开了，勿忘我开了，紫色熏衣开了，金色百合开了，美丽的名字都开了，只是不要留意我，我要慢慢想，想好一瓣，才开一瓣。

有时候跟母亲视频，我会给花儿一个镜头，告诉母亲，它的名字以及寓意。母亲是个朴素的人，她见我总是买花，忍不住开导起来："一个人在外打拼，虽说开心很重要，但也要适当节约，少买不实用的东西，以后还得养房养车养孩子呢……"

我说，几十块钱就能养一束花，而养房养车养孩子每个都是以万来计数的，这么一比，花的性价比还蛮高。

其实花很实用啊，你看，当我买回一束新鲜的花朵，就会忍不住把书桌收拾整齐来与之匹配，当书桌是整齐的，也想把家里打扫干净，还会想捯饬捯饬自己。

坚持买花的意义，就像坚持给自己的平凡生活，加一束光。

这或许就是人们常说的仪式感吧，用一些看似无用的事情，来增添生活的光芒。

华人女作家当中，我最喜欢的是严歌苓。

除了文采，我也欣赏她的生活态度，她是那种仪式感拿捏得刚刚好的人，有一点"作"，又"作"得不让人讨厌。

她说自己每天只做八个小时的"猪八戒"，她每天像上班族一样早起，简单洗漱后坐到书桌前开始工作，写到下午三点。然后化妆，换上漂亮衣服，买菜做饭，等候丈夫回家。

自由职业者不用准时上下班，家庭主妇不用注重打扮，这几乎是大家的共识。可就是这两件不必要的事，让她作为作家时自律高产，作为妻子时优雅迷人。

严歌苓写作的时候，有五样东西是必备的：高档的稿纸，干爽的棉袜，极辣的面条，陈年的红酒和一个大浴缸。好的稿纸利于书写和修改；洁白干爽的袜子能让自己写作时体感舒适；吃一碗特别辣的面条能保持思维的亢奋；晚上喝点红酒，在浴缸里泡个舒服的澡，则是对自己这一天创作的犒赏。

看似"矫情"的几样东西，个个都在悄然地改变她的生活，让她一步步成为现在的严歌苓。

圣埃克苏佩里创作的《小王子》中有一段经典对话：

小王子问："仪式是什么？"

狐狸说："仪式就是使某一天与其他日子不同，使某一时刻与其他时刻不同。你下午四点钟来，那么从三点钟起，我就开始感到幸福……"

这是童话故事里的仪式感，让抽象的幸福变得清晰，让笨拙的动物有了睿智的情感。

奥黛丽·赫本主演的影片《蒂凡尼的早餐》中，有令人难忘的一幕：霍莉穿着黑色小礼服，戴着珠宝，踏着城市的晨曦，缓缓走近蒂凡尼的橱窗。在精美的橱窗前，她慢慢地将早餐吃完，可颂面包与热咖啡，宛若盛宴。

这是爱情故事里的仪式感，让女主角苍白的生活，映照出对光华熠熠的美好向往。

人们常常对仪式感存在误解。

认为每年纪念日互赠礼物的夫妻活得太客气了；认为每月工资日都要去犒赏味蕾的姑娘不会过日子；认为每次旅行都要给自己寄一张明信片的小伙子太矫情……

其实，这些看似不必要的、没有用的事情，恰恰是他们给自己加的那束光。生活的无趣、艰辛和彷徨，都被这束光照亮了。

生活越来越快，许多人都在行色匆匆地，追求着高效率的获得。

不要因为自己走得太快，而嘲笑那些散步的人，他们在自己的步调里，欣赏着你看不到的风景，沐浴着你触不到暖阳。

生活需要仪式感，就像平凡的日子需要一束光。

一定要在毕业前谈一场恋爱

大三那年,我周围的许多单身女同学都陷入了恐慌,一种名叫"今年再不把自己推销出去大学就没机会谈恋爱"的恐慌。

是的,大三了,这是各种实习、应聘、削尖脑门挤入职场之前的最后一个可以闲下来谈谈恋爱的学年。

学姐比不上学长,市场份额太小了,对学姐们而言,大三再不脱单,就彻底没戏了。

琪琪是我们寝室的重点保护对象,她不仅大学期间没谈过恋爱,大学之前也没谈过,连她自己都觉得有点遗憾,毕竟,校园是最单纯的恋爱环境。

所以,尽管我们寝室的单身不止一个,我们还是一致决定,先解决琪琪这边的主要矛盾,再去考虑其他姑娘的次要矛盾,帮琪琪脱单列入了我们寝室的基本日程。

琪琪自身条件其实还不错,中等个头小脸小嘴巴,说话轻声细语,典型的小鸟依人型长相,气质谈吐均高于一般水平,她能一直单身到现在,我们也觉得不合常理。

于是,趁琪琪不在的时候,我们七嘴八舌地开始分析她单身的原因,准备从源头上逐个击破,从而使她成功脱单。

首先,琪琪是本地人,经常回家住,家里管得严,这就决定她不可以晚归,不可以无故出门,这样就失去了很多聚会和活动的机会,也就缺少跟异性接触的客观时间和地点。

其次,琪琪胆子小,总怕遇见坏人,她大一的时候在图书馆自习,有男生突然给她递纸条要联系方式,她吓得搬起书就走了,几天没敢去自习,缺少跟异性交流的勇气。

再次,琪琪太幼稚,我们有一堆偶像和"欧巴",而她最喜欢的人物是小丸子,在商场看到巨型玩偶就迈不动步,缺少对异性的期待。

最后,我们的概括就是,琪琪是个内心十二岁的二十岁姑娘,所以,我们的计划便是帮她把缺的那八岁给补上。

寝室虽没空调,但秋天来了,也没那么热,我们让琪琪搬回寝室住,周末再回家,最好是周末也少回家,在学校多自由啊,女儿大了,不能太听家里话。

琪琪答应了,我们也作为群演给她妈妈打电话,说很想她回来住,寝室少她不行,妈妈也笑嘻嘻同意了,大包小包地开车把她送来了。

当天晚上,我们就拉着她一起看韩剧,何止是拉,简直是强迫。我们陪着她从第一集开始看,看的是那时最火的,男主角是应有尽有无所不会的超人类。她开始时还玩着手机,看着看着就投入了,情节紧凑时,还不由地攥紧拳头。

嗯,不错,这年轻人很有发展潜力,值得好好培养。

看完了那一部韩剧,琪琪又主动地自己看起了另外一部,依然十分投入,也有了心仪的男明星,一切都在按着我们预想的方向发展,甚至发展得更好。

但顾虑也同时出现了，她心仪的起点是长腿欧巴，韩剧接着看下去，看多了，会不会就瞧不上生活中的人啊？毕竟跟屏幕里温柔帅气又多金的男神比起来，生活中的那些个可都是歪瓜裂枣啊！

于是，我们决定让琪琪的室内看剧科目提前合格，好早些过渡到室外交流的科目二。

交流的话，学校里至少一半的男生比琪琪年龄小，琪琪本身就幼稚，不能再找小的了，另外的一半嘛，大四的马上拍屁股走人了，谈几个月就异地恋是不是太惨烈了。

同年级的倒是认识很多，但依然单身、没有正在勾搭学妹、质量不错且三观很正的男生，跟孔乙己一样，大约的确已经"死了"。

如果不找校内的，又不要异地恋，那只有找本地校外大三的，可是，别说琪琪了，就连我们自己也不认识多少校外的男生，此时，我们把目光集体投向了社交圈子最广的阿冰。

她被我们戏谑为"交际花"，各大校内外社团她熟得不亦乐乎，她看着我们盯着她，憋不住笑了，说："看着我干吗？校外社团要是有合适的好男生，我也不会单着了，我会自己上的。"

我们几个哈哈笑成一堆，笑声中，阿冰想出了一个最不是办法的办法："要不，带琪琪去酒吧玩玩？不为了谈恋爱，就为了去那练练胆，有人搭讪就勇敢回话，聊得来就聊几句，聊不来就骂回去。"

我们竟然也都同意了这个馊主意，因为，除了阿冰，我们都没去过酒吧，也想去"见见世面"。

隔日的晚上没有课，下午放学后，我们就一起回寝室，开始了所谓的打扮，把想象中的"夜店风"往自己身上套——鞋要高跟的，口红要亮的，裙子也不能太长。

然后,我们四个就跟出门做贼似的,畏首畏尾地出了寝室门,学校较偏,离市区大酒吧远,我们最终没有狠下心打车,四个人艰难地踩上了公交车。

在车上坐着浑身不自在,觉得全车人都在盯着自己,看一眼其他室友就想笑,感觉我们像是一个去农村慰问演出的马戏团。

兜兜转转,终于来到了传说中市区里最大的一家酒吧,我们在酒吧的街对面犹豫了很久没过马路,绿灯重复了一次又一次,我们还是没有过马路。

看了看表,八点半了,怎么对面酒吧还是没有多少人进门呢,是不是来太早了,或者是本来就不会有很多人。我们想混在人堆里走进去,这样不会被熟人一下子认出来,但期待中的人堆一直没有出现。

"我饿了。"琪琪说。"我也饿了"我接着说。另外的室友同样饿了,阿冰看着我们一脸不争气的样子说:"好啦好啦,先找个地方吃饭,吃完再去。"

于是我们沿着马路往南走,店都好豪华好贵的样子,直到看见一个巷子里红色的"麻辣烫"小招牌泛着微光,我们再也走不动了,就这家吧。

吃完麻辣烫,已经十点一刻了。"最后一班回学校的车是十点半,现在往回走,或许能赶上。"我自言自语道。我以为阿冰会骂我,但并没有,我们四个人尴尬地望着,然后忍不住扑哧一声笑出来,笑完,我们集体起身往回赶。

穿高跟鞋走得慢,即便后来我们四个发疯似的喊远处的末班车再等一等,我们还是没有赶上,我们原地坐在路灯下的马路牙子上歇息,合唱了几首烂俗的广场舞神曲,像一个乡土版的女子组合。

最终我们还是打车回的学校，并没有沮丧。浓妆艳抹地在最繁华酒吧附近的小巷子里吃完麻辣烫就打道回府的秘密，我们一直没有告诉别人。

这次之后，帮琪琪的脱单计划便无疾而终了，大家都折腾累了，或者说，大家都觉得玩笑到此结束了，谁都知道谈恋爱的事情不是外人来帮的，帮也是瞎凑热闹。

但那次酒吧事件之后，我们寝室的关系越来越好了，谁也没再提自己想谈恋爱的事情。

后来被人问起，有没有去过酒吧，我们总会心虚地回答："嗯，去过。"

那一年，
我想留在北京

大学三年级的那年夏天，我来到北京实习，在这之前的半年，我在台湾上学。从看云看海，到看人看霾，这种落差是可想而知的。

我租住的房子在西三环，加上水电，一个月房租4000元，相当于在家里待一天哪儿也不去，眼睛一闭一睁就花了一百多。

农历五月二十九日那天，我生日，订了蛋糕送到家里，拆开后，赫然见到六个字"老公生日快乐"，款式和口味都是错的，哭笑不得。致电老板，他说送货员搞混了，而这份蛋糕的原主人已经将就着把我那份吃了。老板的意思是，让我也将就着吃掉这份"老公生日快乐"，我自然是拒绝的。

做蛋糕的师傅已经下班，当天无法重做，最后的解决方式是，老板退钱，蛋糕取回，损失从送货员工资里扣，我在别家重买。

这样的结果让我对送货员感到抱歉，他可能是《十七岁单车》里小坚那样刚工作的小伙子，这可能是他几天的工资。

如果能预知这个结果，我还会不会较真呢？会吃掉那份"老公生日快乐"吗？我不知道。

这个城市每天都会有不幸运的事情发生,我为他们感到抱歉,却无法分担。

八月初的早上,作为资深贫血人的我,在上班的公车上晕倒了,姿势比较优美,稳当地坐在了地上,没有人发现我,或者说坐在座位上的他们,假装没有发现我。我的手机掉到了地上,我恍惚中听见了它的落地声,但是我看不到它,我的眼前是黑的,缓过神后,我捡起了手机,慢悠悠地站了起来。

"没有人给你让位子不要难过,至少你的手机没有被人顺走啊!"事后跟朋友说起时,她这样安慰我。

前不久有个感兴趣的讲座,主讲人之一是刘震云,他的《一地鸡毛》是我读过最棒的中篇小说,人物就那么几个,故事也不复杂,三万字下来,一句废话也没有。

讲座在工作日的晚上,路途遥远,我需要为了它提前翘班,晚饭也可能因此拖到十点,纠结了很久,还是放弃了。想起一篇文章,作者去看偶像的演唱会,却没有"善始善终",作者这样写道:"他返场唱了什么我没听到,我怕一旦散场人群涌出,便挤不上那班要开数十公里的地铁。"相较兴趣而言,或许不遭罪和吃饱饭比较重要吧……就像《一地鸡毛》里的小林,他觉得家里一斤豆腐馊了比八国首脑会议还重要。

实习单位的姐姐跟我讲了她亲眼见到的一件事情:大妈和少年在地铁上抢座位,少年赢了,大妈骂骂咧咧不爽了两站,在第三站停站时,受不了唠叨的少年突然起身,一脚把站在门边的大妈踹出了车外,大妈被踢出几米远,整个车厢被吓得不敢说话,等大妈从地上爬起来,车已经关门开走了,少年还是坐在原来的位子上,车厢很挤,但他那一排座位，没有人敢坐。

北京这座拥堵的城市，人们每天挤车的时间可能比吃饭的时间还长，每天在公共交通上发生的故事，足够写好几本书了。

小区附近，一个男人倒在路边，应该是喝醉了，我问他需要帮忙吗，他说不用，他躺一会儿就起来。

我曾在教室里、卫生间里晕倒，鬼知道下一刻我会在哪里晕倒。我也希望有一天当我需要帮助的时候，会有一个陌生人走过来，对我说："需要帮忙吗？"

大阅兵的那几天，菜场关门，外卖停送，超市限时，我拎着两个购物袋，赶在超市关门前冲了进去，熟食货架全空了，像世界末日一样。我跟大叔大妈一起拥挤着，买到了蔬菜、瘦肉和西瓜，结完账，我走出超市，长出一口气，幸好我会做饭。

幸好我会做饭，做得还挺好吃，厨艺是让人最不害怕流浪的生存技能。

天哪，这样看来，北京真的没有什么好。

为什么那么多人要留在这里？包括我，为什么我们要留在北京？

"除了北京，没有哪个城市有这么多昂贵的美术馆，绝不打折的书店，装逼的艺术家，莫名其妙的展览，敲诈血汗的影视公司，浮夸的时尚杂志……而这些让我们痛恨的东西又养活着我们。我们恨着它们，但是又爱着它们。就像我们对这个广大的城市。就像我们对我们的生活。"柏邦妮曾这样感慨。

是啊，我们恨北京，又爱北京，全中国，没有哪个城市有它这样多的可能性。

擦肩而过某个衬衫起毛的小伙子，他可能全身没有两百块，那又怎样呢，你看他走路那么快，脸上还带着笑，谁知道他脑子里是否装着两千万的想法。

这个城市那么大，大到可以藏匿人的一切笨拙，连失意都因千篇一律而变得微不足道。

管他呢，天蓝了好一阵子，明天有着无限可能，我会写字，我的冰箱里堆满了食物，阅兵的飞机从我家楼顶飞过，我跟领导人一样，也检阅了它们，这还不够吗？

异地恋的距离

考到425分,我们就知道自己通过了四、六级,那相隔多少距离,才算是异地恋呢?隔一座城若算的话,那城墙内外算不算?隔一条河不算的话,那牛郎织女又算不算?

小婷是我的大学校友兼老乡,她在长沙,她的男友在武汉。

我和小婷不是同一个院系,朋友圈的无交集以及方言交流的零距离,使得我俩成了无话不谈的闺密。无事的晚上,我们常会坐在廉价的地摊前,吃小吃聊闲天谈理想,那时候这个星球还没有都教授,我们只吃炸鸡,不喝啤酒。

小婷的男友比他高两个年级,具体怎么好上的我也不太清楚,她说是火车上认识的,我估摸很可能是网恋,当然,人好就行,怎么认识的不必深究。要说起她的这段恋情,着实有点让人羡慕。

他男朋友个子虽然不是很高,但看着笔挺而精神,也许是因为他的学长身份,让我们先入为主,看他的言行举止,总觉得比我们同年级的哥们儿顺眼,不浮躁。他对小婷更是没的说,平常各忙各的,煲起电话粥来也不含糊,小婷的各种小脾气小性子他都招架得住,他自己要是做错点什么事惹小婷不高兴,他当天就会跑到长沙来负荆请罪。在小婷身上，我算是充分感受到找一个体贴男友的必要性，以及异地恋之距离产生美的真谛。

可惜，这种羡煞旁人的状态，在小婷大二的时候，出现了一些危机。刚升大二的小婷，还沉浸在晋升为学姐的喜悦中时，男友正日夜奋战在图书馆准备考研。小婷口中的危机，倒不是备考占用了他们的恋爱时间，而是，男友的目标院校居然远在吉林。

我安慰她道："你大一的时候，你们不也是异地恋吗？就算他的坐标从武汉变成了吉林，你们还只是隔着一根电话线的距离啊！"

小婷几乎要哭出来，说："你知道武汉到长沙的高铁一天有多少班吗？即便我午睡醒了的时候告诉他我很想他，他晚饭前就可以出现在我的宿舍楼下，可是，吉林就不一样了，火车要坐一天多，机票再特价也不便宜，几个月才见一次面，会死人的。"小婷终于哭出来，"我让他换个别的近一些的地方，他非说就他的专业和能力而言，吉林那所院校最适合。"

"那，你高考报志愿的时候，为什么不报武汉的大学跟他在一起呢？"

"因为……"小婷没有再说话，高不成低不就的道理，她肯定也懂，作为一个凡人，面临选择的时候，肯定都会选择能力范围内最好的吧。

几天之后，小婷的举动，着实让人吃惊，她在没有任何征兆的情况下，发了一条地理位置定位在重庆的微博，写着"出来透透气"。我赶忙联系她，问这是闹哪样。她说，她一个人飞到重庆去玩了，不仅是玩，这是在检验男友的真心。以前她生气的时候，男友一定会第一时间赶到长沙向她认错，这一次，她很生气，所以她要跑到更远的地方，如果男朋友不去重庆找她，那就是一心只有前途，根本不爱她。她还向我强调,一定不可以去提醒她男友,要看他自己真实的表现,说完,她信心满满地挂掉了电话,留下我在电话这头发愣。

男友最终没有去重庆,她自己一个人灰溜溜地回来了,男友的电话,她一个都不肯接,我说什么话她都听不进去,他们的故事就在这闹剧一般的情节中戛然而止。小婷的哭闹成了失灵的咒语,再没有一趟武汉的高铁是为她而来。

今年二月,出考研成绩的时候,小婷突然对我说:"不知,他考上了没。"

"如果没考上呢?你会回到他身边吗?"

"明明是他先从我身边离开的。"小婷的语气,多少有些委屈,在她的眼中,自己似乎是寒门弟子金榜题名后被抛弃的糟糠之妻。

当然,无论男友是否考上研究生,都已经不重要了,那个体贴又成熟的他,已经成为一个优秀的别人,跟小婷没有任何关系了。

原来,异地恋也是有承受范围的,对小婷而言,武汉可以承受,而吉林不能。千千万万的异地恋里,又有多少个小婷呢?是啊,如果他不爱你,哪怕你们之间只相隔一条河,你在河东,他在河西,他也可以用异地恋的理由来拒绝你。如果他足够爱你,就算你们隔着半个地球,他也会守候在每一个重要时刻,送给电话那头的你一句"天涯共此时"的问候。

当你决定爱一个远方的人的时候,一定要确定,这一段距离,是否在你爱的可承受范围之内,如果不够确定,就不要去冒险。就像自己身上有WiFi一样,爱得深,信号就强一点,爱得浅,信号就弱一点,如果你的爱只能覆盖到十米的范围,你就不应该把WiFi密码告诉一个十米之外的人。

心智上的成年

高考结束的那个暑假,我刚成年不久,骨子里迫切想要做一些事情证明自己已是大人。要知道,一个人在刚要拥抱世界的时候,总会有轰轰烈烈干一番大事的期待,于是,我有了人生的第一份兼职,也经历了状况百出又充满能量的一天。

我在一家小旅行社当助理导游,所谓助理导游,说白了,就是游客的后勤人员,我所在的县城太小,没有直接全程的导游服务,需要助理导游把游客护送到旅行的城市再交接给当地的旅行社。这项工作没有太大的技术要求,认真仔细就好,暑期旅游热,人手不够用,虽然我年纪小又没经验,也勉强被收下了。

前两次的跟团工作,去的是本省的庐山、井冈山之类的景点,团员都是退休人员,很好说话,整个过程非常顺利,数数人头、收发证件、看看风景、侃侃大山,好不清闲自在,我一度觉得自己的第一份工作太顺利了,简直是开门红。可在我第三次跟团的时候,发生了旅行社创办以来最大的事故。

那一天,我带领一行19人的旅游团赴西安,这是我第一次带出省的长途旅游团,我需要领全团游客先坐汽车去武汉,再坐火车去西安,这是最经济的组合线路。我们只需要准点到达火车站，在一个龚姓先生手上拿我们全团的火车票即可。

可谁也没想到，非节假日的高速公路，那一天堵得地老天荒，时间原本计算得很宽裕，可眼看着就完全没有了赶上火车的可能。在得知必将误点的时候，乘客们开始牢骚满腹，原本亲切的叔叔阿姨，开始围着我喋喋不休："你们旅行社干什么吃的？""我们不去了！双倍退钱！"甚至有人爆了粗口。

我慌乱了，这种情况还是第一次遇到，没有人告诉我接下来应该怎么做，甚至没有一个人把我当小孩，哪怕一点体谅都感受不到。

我问司机师傅应该怎么做，他却尴尬地说，他只负责开车，高速堵车是他左右不了的，这种情况，他也是第一次遇到。我泪水在眼眶打转，强撑住没有流下来，只是心里告诉自己：不能哭，哭了会很丢脸，我是他们的服务人员，我哭了解决不了任何问题还让人笑话，也让旅行社丢脸。我拼命让自己冷静，想着怎样将损失降到最低来安抚大家的情绪和弥补旅行社的损失。

虽然注定赶不上火车，但火车那时还没有开。我打电话给已在车站等候的龚先生，让他看能否改签合适的车票，改签不了就只能退票，不然火车开出后损失会更大。可是，暑期车票紧俏，别说改签当天20张卧铺票，20张坐票都是不可能的事情。滞留武汉？不，一群人的住宿将是一笔巨大支出；原路返回？当然更不行，旅行社将面临投诉以及经营诚信等问题，旅行社在小小的县城里更是会因为这事砸了招牌。无路可退了，当晚必须走，退了火车票，想别的法子。

旅客们情绪依然很激动，我鼓起勇气，擅自做主，以旅行社的名义掏钱请大家吃晚饭以表歉意。大巴开到高速公路边的一家不错的餐厅，旅客们进去用餐的时候，我开始疯狂地打电话，我决定当晚坐汽车走，联系了几家客运公司，要么没有合适规格的车，要么价钱太贵。终于，一连串的电话打下来，老天都被我打动了，我联系到一辆中型长途客运巴士，价钱也可以接受，能连夜将旅客送至西安，也是卧铺，旅客不会劳累。

但是，这辆巴士只有19个位置，而旅行团加上我一共有20人，高速严格限制不许超载。怎么办呢？我决定自己不去了，少我一个的话位置会刚刚好，毕竟对于游客而言，我是个没有存在感的路人，谁跟团都一样。我通过旅行社联系到了一名西安当地的导游，她会在车站接应他们。谢天谢地，一切妥当了，我绷紧的神经瞬间松弛，整个人简直要瘫软在地上。

送旅客们上车时，一个阿姨问我："姑娘，你真的刚刚高中毕业吗？"

"是啊。"我不知道她为什么突然问我这个问题。

"我的女儿跟你差不多大，她如果碰到今天这样的情况，绝对会吓傻的，你干得好呀！"

"谢谢！"我笑了笑。

车开远了，我还在原地愣着，其实，我早就被吓傻了，还没缓过神来。

送游客来的那辆大巴，晚饭前就赶紧走了，误点对于他而言，也有经济损失，他没有义务陪我一起想办法。当时已经是晚上十点，没有回家的车了，要在武汉滞留一晚吗？掏了两桌饭钱，我身上的钱不多了，住了就买不起车票，而我也不想独自在这个刚发生不愉快事情的城市住一晚。我放眼看了看，我站的地方似乎离高速公路不远，于是，我向高速路口走去。是的，我决定搭车，从来没有搭过，不知道会不会像旅游书上写的那么简单，也许胜算不大，只有硬头皮试一试了。我知道，货车司机大致有两种组合，要么是两人轮班开夜车，要么是一个人开整个晚上，一个人的话，副驾驶是空的，我可以坐。

高速路口堵车，我一路走过去，找我家乡的车牌号，赣G，是的，就是这辆。我太累了，不想把很长的故事复述一遍，我大声朝驾驶座上的师傅说："我通宵跟您说话，防止您瞌睡，您让我搭车回家好不好？我走不动了，也没有钱。"很幸运，他爽快地答应了，挥手示意我上车，这一切顺利地跟电影情节一样。然后，我拖着疲惫的身子，几乎整宿都没合眼，跟一位不相识的货车师傅唠了一宿的嗑，从他小孩的成绩，聊到了国家政治。凌晨两点，他还请我吃了碗泡面，那面汤夹杂着泪水，有点咸。

凌晨五点到家的，旅客几乎跟我同时抵达至西安，我如释重负，瘫倒在床上，一觉睡到傍晚。回想着前一天发生的一幕幕，我感到不可思议，天哪，那是我吗？我居然独自摆平了那么大的烂摊子，居然敢在高速路口搭车，居然跟一个陌生的货车司机聊了一个通宵。一切想都不敢想的事情发生了，而我挺了过来，我简直要被自己感动了。

凯鲁亚克说："人在一生当中应该体验一次健康而又不无难耐的绝对孤独，从而发现只能依赖绝对孤身一人的自己，进而知晓自身潜在的真实能量。"这句话，放在那天的我身上，该是多么的贴切。十八岁那天，是我年纪上的成年，而这一天，是我心智上的成年。

最好的礼物，
是你挑礼物时认真的样子

曾经有男生跟我探讨过一个问题：你们女生，真的有那么在乎节日吗？真的会因为男友没发一个520元的红包而闹分手吗？

我说，不是发不发红包的问题，而是，男生愿不愿意为自己花心思的问题。

小薇最近跟男友分手了，周围人都说她任性、傻，条件那么好的男生都不珍惜。我却觉得，那种男友，分了也罢。

小薇男友家境殷实，在一家外企工作，工作倒也没有那么忙，但他只对自己的事情上心，对其他人总是嫌麻烦的态度，包括对待小薇。

小薇很少收到礼物，过年过节，朋友圈开始被红包截图刷屏的时候，男友就慢半拍地给她发一个，有时是520元，有时是1314元，转账时，连句额外的情话都没有，像是完成一项艰苦的任务。

有时，小薇想要某个心仪的物件，各种可爱小心机地暗示男友陪她去买，可他就算在家闲着也会拒绝："你自己去吧，买回来我给你报销。"

那年小薇带男友回家见家长,他两手空空地就去了,小薇提醒他应该拎点什么,他却说:"我也不知道伯父伯母喜欢什么,索性懒得买,给二老一人塞一个红包,简单有效,有钱什么都可以买。"

那次的红包确实不薄,但小薇心里不是滋味,毕竟是第一次来自己家,钱是没有温度的,而礼物有。

一次次,男友出手大方却心意冷漠,小薇感受不到他在自己以及自己的家人身上花费的心思,终于,这段维系了三年的恋情没有继续走下去。

觉得小薇值得更好的人,这种好,不是经济状况上的好,而是愿意花时间、花心思对她的好。

要让一个女生大方承认自己羡慕别人,不是一件容易的事情,但我非常乐意地说,我很羡慕我的一位高中女同学,因为她的男友,真的对她太好了。

她男友也是我的高中同学,但我不太熟悉,因为他在高中的时候属于默默无闻的那种,甚至……有点平凡,不像这位能歌善舞的女同学,大家可都认识她。

男生追她花了不少心思,高中就闷着头对她好,甚至为了她去了同一个城市的大学,大一开始发动恋爱攻势,大二才正式在一起。

他逢年过节都费尽心思地琢磨礼物。

儿童节的时候,他走街串巷集齐了几十样童年零食,给女友这位大龄儿童送了个回忆童年的超级零食大礼包。

中秋节的时候,他拎着月饼还抱了一只活的小白兔在女友楼下等她,说是"孝敬给嫦娥姐姐"的,说完还学着八戒的样子来了一声猪叫。女同学跟我讲的时候笑个不停，我感觉到的是他们满满的幸福。

情人节的时候就更是夸张了，他买了个半成品的小房子，小心翼翼地组装好，打印了超级迷你的照片挂在每间房里，健身房挂的是女友跳舞的照片，卧室挂的是他电脑合成的两人的婚纱合照，婴儿房最搞笑了，挂的是女友的周岁照，礼物包装内还有一张纸条：我想给你一个家。

他仿佛是女友的哆啦A梦，总能从口袋里拿出神奇的宝贝，真的羡煞旁人，这些礼物其实并不昂贵，但心意满满。

我很羡慕我的这位女同学。

她也许并没有在情人节收到过520元、1314元的大红包，但她收到的那些男友精心挑选的礼物，比红包要贵重多了。

在女生心目中，男生赠予自己的礼物，价格不是排在第一位的，心意才是。

因为，最好的礼物，是你挑礼物时认真的样子。

人长大后，胆子就变小了

年少轻狂时，我们天不怕地不怕，说想说的话，做想做的事，生活简单又容易。

长大后，身材变高大了，见识也变宽广了，可是，胆子似乎变小了，说话前我们会思忖再三，做事前也要权衡一二。成人的世界里，没有"容易"二字，这或许，就是成长的代价吧。

我问了周围几个朋友："你有什么东西，是小时候不怕，现在害怕的吗？"他们的答案有点好笑，但仔细想想，又有点心酸。

文员惠子，二十五岁，害怕红色的本子。

惠子工作的部门没别的特点，就是人多。人多的话，喜事也多，今天这个结婚，明天那个生娃，后天又来个乔迁的。

惠子最害怕的就是，一早来上班时，办公桌上躺着红色的小本子——请帖，碰上国庆和春节前夕，甚至一天能接到两本。

请帖扎堆时，一个月工资去掉吃住行，几乎都贡献给随份子了，而这些发请帖的人中，有的话都没说过几句，去了憋屈，不去又怕得罪人，让人左右为难。

目前买房是没希望了,结婚也还没个人选,或许该考虑换份工作,如果能找到更好的话……

实习生晓峰,二十二岁,害怕中午十二点。

晓峰家境普通,性格老实,以为参加工作后,就立马能自食其力甚至报答父母。事实,比他想象的差挺多。

入职才两个月,转正还遥遥无期,实习工资2500,除去房租和花销,渣都不剩,偶尔还得厚着脸皮向父母要点。

他最害怕的不是领导,也不是加班,而是,中午十二点。

公司位于高级写字楼,旁边都是高端商场,一到午饭时间,入职好几年的同事们都结伴去商场吃饭,一顿饭人均能吃到大几十甚至上百。

十二点来临时,晓峰就会格外紧张,因为他又要撒谎了。同事问他:"一起去吃饭吗?"他只能找各种理由:"手里还有事没忙完,你们先去吧""今天有个朋友约我吃午饭,就不跟你们一起了"……

然后偷偷独自一人绕到远处的小巷子里去吃盖浇饭,花样就那么几种,味道也不尽如人意,但是没办法,便宜啊!

等转正了,晓峰也想在十二点来临时,轻描淡写地说上一句:"走呗,一起吃饭去。"

编辑阿敏,二十六岁,害怕独自走楼梯。

阿敏租住的房子位处城中村,狭小潮湿又人员混杂,但是便宜,且离单位不远,算是性价比不错的选择。

阿敏的房间在七楼,没有电梯,有几层楼梯的感应灯还是坏的。有时稍微加一会儿班，回到家天就已经黑了，独自走楼梯成了阿敏最害怕的事情。

她胆子小，但脑洞大，总是自己吓自己，怕摔跤、怕鬼、怕突然有变态邻居开门把她拽进去……总之，这七层的楼梯，对阿敏来说，像是漫长的七个世纪。

有时跟母亲打电话，她会忍不住倾诉自己的害怕。母亲总会劝她辞职回老家发展，但阿敏清楚地知道，老家没有适合自己的岗位，她喜欢这座城市，她要留下来。

程序员强子，二十八岁，害怕老人、小孩和孕妇。

强子为了攒钱买房，住在偏僻的郊外省房租，每天上班要在交通上花掉近两个小时，先挤公交，再挤地铁。

他每天早上六点多就得起床，睡眠总是不太够，如果通勤途中能有个空座位是最好不过了，他可以补一会儿觉。

强子最害怕的，是车上碰见老人、小孩和孕妇，因为他的良知让他一定会给这些人让座，但他的身体真的想继续留在椅子上。

强子并非不善良，他只是太累、太困了。

……

这样的故事还有很多，甚至每个成年人的内心都藏着一只"胆小鬼"。

不是长大后胆子变小了，而是，长大后，对家庭的责任心变大了，对自己的期许变大了，心和梦都变大了。

其实，胆小并不可怕。

有时候，心里装些害怕的事，像是装着一个紧箍咒，它会时刻提醒你："加油啊，再勇敢一点，再优秀一点，你就可以摆脱我了。"

二十岁时喜欢的裙子，
四十岁穿上已没有了意义

　　大二那年，跟室友一起逛商场，路过某家服装店时，橱窗里有一条裙子深深吸引了我。我走进店里试穿了它，大小合适，裁剪得体，颜色也很衬我的皮肤，我决定买下它。我觉得，它挂在橱窗里的意义就是在等着跟我回家。

　　我扭身看一眼吊牌，价格不菲，是我半个多月的生活费，我站在试衣镜前犹豫着买还是不买，室友在旁边小声劝阻我："算了，走吧，太贵了。"

　　犹豫再三，我最终没有买下它。

　　脱下来还给导购时，她说："穿着挺好看啊，为什么不买呢？"

　　我支支吾吾地说："恩，不太喜欢，我再逛逛。"我的自尊心让我无法告诉她，其实我喜欢但是买不起。

　　这次之后，那条裙子成了我心心念念的宝贝，路过那家店时总忍不住看一看，直到某天它不在了。不知道被哪个幸福的姑娘穿在了身上。

　　渐渐成长，因为还算勤快，我的经济状况有了一些改善，喜欢的东西基本都支付得起。这几年,我逛过很多商场,买过很多裙子,可没有任何一条,有它好看。

如果让我再回到当年那个橱窗前,我一定要买下那条裙子,哪怕省吃俭用,哪怕熬夜写稿,因为跟遗憾相比,辛苦真的算不了什么。

我妈在二十出头的年纪嫁给了我爸,那时候双方经济都不怎么宽裕。

我妈结婚的时候没有穿婚纱,因为在当时,婚纱的租金不菲,租一天婚纱的钱足够买一件很体面的外套。勤俭节约的妈妈,最终决定不穿婚纱,结婚那天,她穿的是一件大红色的呢子外套。

后来,那件过于喜庆鲜艳的呢子外套,因为太正式太夸张,穿的机会很少,几乎闲置在衣柜里。倒是那件没能穿上的婚纱,在我妈心中种下了一棵名叫"遗憾"的树,树的年轮伴随着我妈的年纪一起增长。

这些年里,她时常感慨,如果当时狠心一把,租套婚纱穿穿就好了。在最年轻的时候,得穿一次最美的衣服,女人这一辈子,还是要些仪式感的。

为了弥补我妈的遗憾,去年爸妈结婚纪念日时,我怂恿他们去拍一套婚纱照。她并不想去,说一把年纪,人发胖了也变丑了,穿婚纱不好看,不想拍了。

她说:"四十多岁时,去穿二十岁想穿的衣服,已经没有了意义,你还年轻,你不懂。"

我懂,我太懂了。

大二爱上的那条裙子,大四的时候若在某个橱窗里再次遇见,我也不能保证,还有想带它回家的冲动。意义是有时效性的,那条裙子在大二的那个夏天,对我产生了意义,就像,那件婚纱在二十岁的爆竹声里对我妈产生了意义。

我能理解妈妈的遗憾,但也许不够感同身受,毕竟,我离那条橱窗里的裙子只隔了两年,而我妈,离她的婚纱,隔了足足有二十多年。

有时想想,觉得上帝真的好顽皮啊,偏偏要让人在穿衣服最好看、开车最帅、环游世界最有体力的时候又刚好最穷。

年轻的时候,我们总是想着要省一点、要把钱攒着以后花,等有钱了再去弥补自己。可是,我们好像忘了,二十岁的钱到了四十岁依旧只是钱,但二十岁最年轻美好的我们,到了四十岁却成了另外一副模样。

不要到了四十岁才穿上二十岁时想穿的裙子,宁愿奋斗地辛苦一点,也不要给自己留下一堆遗憾,因为遗憾太多的人,无法活在当下。

要在最美的时候打扮自己,而不是等到最有钱的时候。

4 /
这座城市风很大，
总会有人晚归家

文字摆渡人

初冬的午后,我接到一个归属地为家乡的陌生电话。

"你有张稿费单,家里好像没有人。"一听声音,我就知道他是谁——我家所在片区的邮递员。

说来也奇妙,我已经认识他十来年了,一直喊他叔叔,却不知道他叫什么。

我的中学时代,杂志还是很受欢迎的,那时候报刊亭生意也好,喜欢的杂志去晚了就没了,所以,我都是订杂志看,叔叔负责的就是我的片区。

他送件的时间很规律,基本在我放学的时间,他记性好,两三回就记住了我的名字,有时刚好碰见,他就骑着绿色的大轱辘单车在后面追着喊我,可好玩了。

到了高中,热爱写作的我渐渐成为自己曾经订阅的那些杂志的作者,一张张稿费单、一本本样刊寄向我。他笑着把稿费单给我时,像一个父辈在为自己的女儿感到骄傲,他有时还会打趣说:"我是看着你长大的,以后当了作家,可不要忘记我啊!"

因为一直是笔名写作,自己也比较害羞,不怎么跟人说起,所以除了家人，很少有人知道我在坚持写作。一次，高中的语文教学组组长把我叫到办公室，老师问我平时写些什么文章，我吓了一跳，以为自己写了不该写的内容被告到老师那了。

他让我不要紧张，说自己昨天在收到一张省级报刊稿费单的时候，邮递员告诉他，他任教的学校有位高中生也经常收到稿费单，还是《读者》那样的全国性大刊物，他感到欣喜，想来会会这位高中生。

从此以后，我会写文章的事情就在学校传开了，虽然不是成绩拔尖的学生，却也因此受到了老师的重视。

再次见到邮递员叔叔时，我跟他说："你的无心插柳让我在学校出了名，怪不好意思的。"他说："不是无心插柳，我是故意提起的，优秀的学生就应该被老师重视，你是个好苗子。"

后来我去外省上大学，样刊和稿费都不再寄到家里了，跟邮递员叔叔也渐渐没了交集。

大三回家过年的时候，偶然见到他，突然感觉他老了一些，两鬓开始有了白发，跟我父亲一样变老了。

他还是穿着那身绿色的工作服，还是骑着那辆绿色的自行车，只是感觉车轱辘没印象中那么大了。我问他："你单位怎么给你换了一辆比以前小的自行车？"

"他说没有啊，车一直是这么大，是你长大了。"他笑着说。

是啊，车没有变小，是我长大了。

我长得跟邮递员叔叔一般高了，小时候觉得他高大挺拔，骑着威风的大轱辘单车，是神气的总能给我带来期待的邮递员叔叔，现在我面前的他，则是一个年近半百的让我有点心疼的长辈。

再后来的交集，就是这个千里之外的电话了。编辑问我地址时，我的房子还没租好，只好告诉了老家的地址，稿费单又寄到了家里，还是他负责送。

在我人生的第一份工作中，我接到了他的电话，时光好像突然回到了八九年前、回到了五六年前，我从他手中接过订阅的第一本杂志、接过人生的第一笔稿费。

他看着我从中学升入大学，再由大学走向社会，见证了我从一名读者到作者的全过程。而他一直在那里，在他的岗位上勤勤恳恳，来来回回，像是一名摆渡人。我在电话线的这头，像是站在他摆渡的河对岸。

满怀感恩，写下这篇小文，就当是我给他的船票吧。

爸妈也不是一出生就成了爸妈

电视剧《请回答1988》中,有一个场景让我印象深刻。

女儿德善生父母的气,觉得他们偏心,觉得他们不爱自己。事后,父亲找机会跟她道歉。在夜晚的路灯下,父亲对她说:"对不起啊,爸爸我,也不是一生下来就是爸爸。头一回当爸爸,做得不好的地方,女儿稍微体谅一下。"然后,父女相拥和解。

我被这段话猝然击中了,心里咯噔一下。

是啊,这世界上,大部分职业都是先培训再上岗,可是为人父母,却是从零上手、边上岗、边摸索。

我们生气时会说"你不是个好爸爸""你不知道怎么当妈妈"之类的混账话,我们好像忘了:爸妈也不是一出生就成了爸妈啊,他们跟你我一样,本来就是不完美的普通人。

小时候,我跟母亲关系不太好,隔一阵子就会吵架,她觉得我不可理喻,我则看她各种不顺眼。

母亲是医护人员,身体健康,饮食自律。她不允许我喝任何碳酸饮料,跟我说白开水才是最健康的,碳酸饮料是垃圾食品。

讲真,跟小孩说健康真的是开玩笑,"健康"在小孩食谱里的代名词叫"难吃",我那时候觉得健康的东西都好难吃,什么蔬菜啊杂粮啊,没一个好东西。碳酸饮料这么好喝的东西,你不让我喝,我就偷偷地喝,喝完也没见我哪里不舒服啊。

母亲性格是比较严厉的,说不让就不让。一次在路上撞见我喝碳酸饮料,居然直接当着我同学的面,一把夺过饮料往地上倒。真的就这么夸张,身旁的同学和周围的路人都瞪大了眼睛。

我无比尴尬,委屈得大哭,我觉得她太暴力了,太不给我面子了,世界上怎么会有这么恶毒的女人。

那次之后,我不再喝碳酸饮料,并不是什么思想觉悟,只是单纯有些怕她,她太凶了,跟她对着干是自讨没趣。

久而久之,也就不想喝了。渐渐长大,我成了一个饮食健康、生活自律的大姑娘。

成年后的自己,跟母亲聊起这件事,我打趣说:"碳酸饮料是我的童年阴影。"

母亲一脸愧疚地说:"那时我不过也才二十多岁,自己也是个半大孩子,当你妈妈就像是过家家一样,如果说话做事过分了,你别往心里去啊,我出发点是不坏的。"

我笑:"我也是头一回当您女儿,这些年屡教不改、'孜孜不倦'地惹您生气,咱俩就当是互相抵消了吧。"说完,两人会心一笑,像是穿越时空的和解。

想来也是神奇,那个当街倒我饮料的"恶毒"母亲,不过只比现在的我大了几岁而已啊!我现在依旧毛病多多,像个没长大的孩子,我又凭什么要求当年的妈妈成熟完美呢。

再过个几年,我也会成为某个倒霉孩子的妈,他或许会比当年的我更胡搅蛮缠、悲观偷懒，我也只能撩开袖子，摸索着跟他过家家了，但愿，他不会太过嫌弃我啊！

爸妈不是一出生就成了爸妈。

他们也是从别人的小孩、别人的少男少女慢慢走来的，如果爸妈让你生气，别急着否定，那或许只是，经验不足的他们，用愚笨的方式爱你。

你在长大的时候或许没留意到：爸妈陪着你一起，也在悄然成长为更好的爸妈。

为你费一辈子心，
为你炼成火眼金睛

表姐的对象黄了，因为那小子没房。

想不明白，我阿姨平日里是多么通情达理的一个人，居然也变成了市侩的丈母娘，我脑子里呈现出两幅画面：一幅西方版，一幅东方版。

西方版：我五十来岁的阿姨穿着万圣节的奇装异服，戴着南瓜面具很滑稽地出现在表姐男友的出租屋外，大力地敲着门，开门后说的第一句话是："house or trick."（不买房就捣蛋。）

东方版：正在跟着大部队跳广场舞的我阿姨，突然停下，从兜里掏出我姐的磨皮自拍照，拦住路过的一个模样尚可的小伙子，对他说："我有女儿，你有房吗？"

妈妈开口说话，把掉入脑洞的我拉了回来，妈说事情不是表面看来的那样，如果把表姐换成我，她也不同意把我嫁给这个男孩子。

我问妈妈：我姐夫，不，我姐的前男友是怎样一个人？

妈妈只见过那小子一面，她抛开了样貌、学历、家境等重要因素，直接讲了他的一个理念——打算一辈子只租房不买房。他觉得，如果不买房，就可以把买房的钱用来租好房，买好车，四处旅游，供子女出国，邻居不好就搬家，厌倦了一个城市就换另一个城市住……

我听着觉得挺有道理啊，不错的想法，如果不买房，就可以把买房的钱……欸，不对，这个理念好像有逻辑漏洞，买房的钱是哪来的呢？他已经拥有这笔钱了吗？

妈妈说没有，小伙子收入普通，家境一般，平常也没有储蓄的概念。一方面是买不起房，一方面也表现出一辈子没有买房的打算，即便来女方家见家长时，依旧是这样的态度。

被问到以后女方怀孕了怎么办，生小孩了怎么办，依然住出租屋吗？他说对啊，可以用买房的钱来请最好的保姆，送小孩上最好的学校。

他好奇怪啊！那些美好想法的前提，是他得拥有这笔钱啊，用假设的前提去推导一堆必然的结果是多么荒谬。

按照这个逻辑，我可以说，如果我今天不坐在电脑前写这篇文章，我就可以用写文章的时间去买一张奖金一千万的彩票，然后用这一千万去过奢靡的生活。所以，正在阅读文章的你要无比感动，因为我为了你，失去了我的一千万。

你会感动吗？不会，因为即便不写，我也不会拥有这一千万。我姐的前男友也是，即便不买房，他也没有拥有买房的那笔钱，"如果……就……"的未来承诺，不过是一张浪漫派的空头支票，这样下去的结果只能是又穷又没有房。

我收回之前对阿姨的偏见，我也不愿意我姐嫁给这样一个人。

我愿意她嫁给一个暂时买不起房的人，但不愿意她嫁给一个一辈子不打算给她安稳家庭的人。房子可以小，可以简装修，可以二手，可以按揭，但是不可以一辈子都住在别人家。

如果一辈子租房，未来某天的我姐，身怀六甲时，房东突然说房子不租了，表姐顶着大肚子跟他一起四处看房，有的房子没电梯，表姐就撑着腰一级一级地爬楼梯。搬家时的打包有多折腾，入住后的打扫又有多麻烦，哪怕是孕妇，这些她也得习以为常。

如果一辈子租房，以后我姐给我生了一个小外甥，他调皮又好奇，刚学会画画，拿着颜料笔在房东雪白的墙壁上画了一个大气球，表姐来不及欣赏他的绘画天赋，就得赶紧擦洗墙壁，可怎么擦也擦不掉，只好带着他去给房东道歉，房东脸很臭，小外甥害怕得直哭。

这漫长的租房人生啊，表姐的同事怎么看她？外甥的同学又怎么看他？说我阿姨世俗也好，说她老朽也罢，我只知道，她不舍得自己唯一的女儿，一辈子连个安稳的住处都没有。

想起了之前看过容嬷嬷扮演者李明启的一个演讲，她说，从角色的内心世界出发，容嬷嬷并不是一个坏人："她女儿出生不久便去世了，奶水充足的她成了富贵人家的女儿的奶妈，她对这个女孩视如己出，后来这个女孩长大，成为母仪天下的皇后，她也成了皇后身边最贴身的侍者，她倾尽所有去保护皇后，皇宫里每个可能跟皇后争宠的女人，都是她的敌人。容嬷嬷有多坏，她对皇后就有多爱。"

我们总说丈母娘们有多坏，房价是她们抬高的，鸳鸯是她们打散的，她们刻薄势利嫌贫爱富无恶不作，可是，我们好像忘记了最重要的一点，丈母娘为什么"坏"呢？因为爱，因为爱自己的女儿，不舍得女儿受苦受骗受穷。丈母娘有多刁难未来女婿，她对自己的女儿就有多爱护。

那些海誓山盟的爱情，她们年轻的时候也经历过，二三十年来的柴米油盐，让她们更愿意相信自己的眼睛。

阿姨为表姐费了一辈子心，也为她炼就了火眼金睛。我阿姨否定的，不是一个没有房的年轻人，而是一个，不切实际的空想派。我姐大概很恨阿姨，恨她破坏了自己的幸福，但总有一天她会知道，这是阿姨对她的保护。

火眼金睛的悟空一棒子打死了村民，唐僧不相信村民是白骨精变的，他痛心疾首，甚至不想再要这个徒弟，但总有一天唐僧会明白，肉眼凡胎的自己是错的，妖精只想吃他的肉求得永生，只有徒儿才是伴他一路的取经人。

爱情里最遗憾的事

奶奶掉了一颗门牙,吃晚饭的时候,她喃喃自语道:"如果我是一只迷路的骆驼,你们可以通过沿路植物的牙印找到我。"

我笑了笑,无厘头地问道:"为什么刚好是骆驼?不是马或羊什么的?"

"老版的中学英语教材里有这样一只骆驼,你爸那一辈都学过。"她酷酷地回答我,一副"年轻人你没见过什么世面"的气势。

我的奶奶是一名退休多年的人民教师,可能是长期教授英语的缘故,她比同龄的老人时尚前卫不少,有事微信联系,没事赞赞子孙的朋友圈,热门剧集她都已在平板电脑上追完,影视熟脸也能叫出一堆名姓。

奶奶爱玩十字绣,专绣世界名画,凡·高的《星空》已经绣了一年,接近完工,她说这是预先给我准备的嫁妆。

奶奶这么潮,爷爷可截然相反,别说上网了,老人机都用不利索,电话打过来,他经常不知道是自己的手机在响,旁人提醒他,他才慢悠悠地掏出手机,优雅地按下挂电话的那个键,然后大声说"喂"。

连爷爷自己都感慨:"我这么个粗汉,居然能娶到你奶奶。"

奶奶十七岁那年，经人介绍认识了爷爷，爷爷对奶奶一见钟情，头一回去奶奶家，就厚脸皮地主动留下来吃饭。

那天中午家人刚好不在，奶奶是家中的小女儿，从没做过饭，她说"我不会"，想借此打发爷爷走，爷爷继续厚脸皮，说："你随便弄点，你做啥我都吃。"

于是，奶奶拿前一天剩下的红薯丝和米饭，给爷爷做了个炒饭，炒煳了，又黑又硬，像一团锅巴，用现在的话说，就是一份"黑暗料理"，爷爷居然傻呵呵地把它吃了个精光，奶奶笑了，他们的事儿也就这样成了。

奶奶嫁进门后，仍旧不会做饭，不是懒，而是厨艺不错的爷爷把做饭的事全给揽下来了，奶奶专心当她的人民教师，穿裙子，梳辫子，在本子上抄歌词，教爷爷听不懂的"洋鬼子"话，两手不沾阳春水，像一个已婚少女。

现在的奶奶，写得一手秀气字，绣的一手漂亮花，唯独不会做饭，对于一个优秀的文艺老太太来说，这似乎有点美中不足，但一个女人，能够一辈子都保持不会做饭，该是多么让人羡慕的福气。

奶奶的抽屉里保存着一根古老的手表带，那是她跟爷爷的小秘密。

在爷爷奶奶那个年代，手表可是大物件，一般家庭没有。有一年，爷爷得了单位的先进，听说会奖励一只手表，可把他乐坏了，因为他知道，奶奶一直想要一只。

回家之后，爷爷把这个喜讯告诉了奶奶。

奶奶很开心，转念想想又补充道："你奖励的那只，肯定是男式手表吧,能不能跟单位说说,换一只女式的?"

爷爷说应该没问题。

去单位上提起这个事,同事说,这批先进名单里,刚好没有女同志,所以全部都是男式手表,换不了。爷爷懊恼之际,同事给他出了个主意,让他去买一根女式的手表带,换一下就可以了,手表带跟手表比起来,可是便宜不少呢。

这确实是个好主意,心急的爷爷,当天就去商店挑了一个女式手表带,花了他不少钱,现在就等上头把那只手表发下来了。

发手表的那天,爷爷蒙了,那并不是平常见的普通款式,而是表芯、表带一体式的,无法拆卸,这下手表带白买了。爷爷只好把那"一只半"手表带回家,跟奶奶道歉,请奶奶勉强收下那块男式手表。

看到如小孩犯错般的爷爷,奶奶却扑哧一声笑了,她拿来针线,把没有表盘的那根女式手表带连接好,戴到自己手上,然后转了个方向,让空出的表盘位置朝下,伸出手对爷爷说:"喏,你看,这样咱们两个人都有手表了。"

奶奶跟我讲起这个故事时,忍不住笑道:"后来还真有人问我时间,我只好装糊涂地抬手看表说,哎呀,我的表芯不见了。"逗得我也咯咯地笑。

我曾经很严肃地问过我爸:"爷爷年轻的时候,是不是混过黑社会?"我为什么这样问呢,因为爷爷有两颗金属门牙,我不太清楚那是什么金属,总之是银色的。这两颗金属门牙让爷爷看起来有些凶悍,我儿时的玩伴一度因为我爷爷在家,而拒绝上门找我玩耍。

爸说:"你爷爷摔掉门牙这事儿,按理来说,得怪我。"

奶奶生爸爸的那晚，没有什么前兆，爷爷正好因为工作，在单位过夜。听捎信人说奶奶生了，爷爷摸着夜路往家里奔，因为走太快没看清路，一头栽进河沟里，当场磕掉两颗门牙。爷爷也没空顾及那么多，捂着嘴巴接着赶回了家，回到家，奶奶已经睡了，满口是血的爷爷顾不上擦洗，抱起胖乎乎的儿子（也就是我爸）看了又看，又哭又笑，开心得不行。

声响吵醒了奶奶，刚生完孩子不久的奶奶，迷迷糊糊的，只依稀看见一个满口是血的人抱着新生儿，似乎快要举到嘴边。奶奶大喊："可不能吃啊！来人啊！有人吃孩子啊！"

爷爷叫着奶奶的名字，连喊几声"是我是我"，才让奶奶彻底清醒。奶奶看到没了门牙的爷爷，心疼坏了，爷爷掂量着八斤多沉的儿子，也心疼奶奶。

后来爷爷去补了牙，大概是因为那时候技术有限，补了两颗金属的、看起来凶巴巴的牙，那次以后，爷爷咀嚼起食物来，都变得不那么方便了，好像提前迈入了老年。

一晃，曾经襁褓里胖乎乎的小子，成了我的大腹便便的爸爸；奶奶也从亭亭玉立的大辫子姑娘，变成了满头白发的老太太；而爷爷，却停止了变老，他沉睡在那个温暖的午后。

爷爷走后，奶奶整个人暗淡了下来，像明亮的人生突然被关掉了一盏大灯。

爷爷是土葬，他平常随身携带的物品，一并给他放在棺木中了，其中包括那个他用不利索的手机。

奶奶会在深夜睡不着时，拿出电话拨打爷爷生前的手机号码，听见电话那头传来"对不起，您拨打的电话已关机"，就像听到爷爷在跟她说"晚安",她才安心睡去。我让奶奶不要再打了,因为不久后电话会停机,号码会被人重新使用,对方接通的一刹那会把奶奶吓坏的。奶奶说:"没关系,不会被人重新使用的,我给你爷爷充了好多好多话费。"

奶奶在公园散步的时候,被人抢了手里的小钱包,她回来哭,我们以为她是心疼钱,安慰她:那点钱不算什么,人没事就好。她说:"我不是心疼钱,我就是难过,我以前也在这个公园散步,从没碰过坏人,现在他们看我没了老伴,觉得我好欺负……"

再相爱的两个人,也终究无法陪伴彼此一辈子,这真是爱情里最遗憾的事情。爷爷陪伴了奶奶大半辈子,剩下的小半辈子,就由我们来陪吧。

奶奶说,她余下的时光,都是通往爷爷的路途,多活一天开心,少走几步也开心。

这座城市风很大，
总会有人晚归家

小陈，二十五岁，夜宵店外卖员。

别人的工作是规律的朝九晚六，而他的工作时段整个往后推了八个小时，下午五点开始上班，凌晨两点结束工作。

小陈性格很幽默，微信的个人签名写的是"假装住在洛杉矶"。问他是什么意思，他说，假装自己住在洛杉矶，在那个时空里，自己是一个早睡早起、作息健康的人。

小陈在一家龙虾店工作，店里生意一直很好，刮风下雨的时候也是订单不断，再碰上什么这个杯那个杯的足球赛，就更加忙了。

欧洲杯期间的一天晚上，天气很糟糕，风雨交加，小陈比预计时间晚了一个小时到客户家，球赛的直播已经结束了，点外卖的客人支持的球队输了，他心情很不好，对小陈爆粗口，并且不想再要这份外卖。

小陈只好把外卖带回了店里，回到店，已是凌晨两点，老板把责任全推到小陈身上，这单外卖，不仅没有外卖费，这份当晚卖不出的龙虾的费用，也从小陈的工资里扣。那天深夜，小陈难得奢侈地享用了龙虾大餐，每一口，咀嚼的都像是自己的血泪。

小陈，一个送龙虾外卖却不舍得吃龙虾的年轻人，在这座城市的深夜里，走街串巷，爬楼上坡，一份份举家享受的美味里，藏着多少个小陈的故事。

敏慧，三十岁，省医院脑科护士。

丈夫在外地工作，敏慧独自带着读幼儿园的孩子在这座城市生活，她每周要上两个夜班，上夜班的时候，孩子只能拜托邻居帮忙照顾。

孩子成绩不太好，敏慧自责是由于自己疏于管教，她在单位食堂吃饭时，常常荤菜都不舍得点，但却愿意送小孩去最好的辅导班。

在脑科工作，辛苦是一码事，比辛苦更让人难以忍受的，是病人送诊时的恐怖样子。有的刚出车祸，有的从高处不慎跌落，"头破血流"这个成语，敏慧每天都要亲眼所见。敏慧其实是个胆小的女人，在医院工作的这些年，她不断刷新自己的胆量，慢慢学会了坚强。

一个深夜，负责的敏慧惦记着一位车祸导致脑震荡的病人，隔一段时间就去观察一次，确保病人的情况没有恶化，她需要用手翻开病人的眼皮观察瞳孔，谁知这位患病却依旧强壮的男病人，一拳抡了过来，重重地砸在敏慧脸上。"大晚上的！让不让人睡觉了！"

敏慧心里委屈，却只能忍气吞声，在医院里，哪个护士没被病人骂过，甚至打过。

病人们常常不理解："为什么让我等""为什么把我弄疼""为什么半夜要来把我叫醒"……他们总是忘记，医护人员只是人，并不是神。

护士到了四十周岁可以不再上夜班，敏慧还有十年，还有上千个无眠的夜晚在等着她。愿夜色会渐变温柔，将她柔软善待。

老张，四十二岁，专职司机。

老张白天在单位开车，晚上接点代驾的私活，这些年，老张开过很多豪车，尽管没有一辆是自己的。老张有时也会期盼，这个城市能多一些有车的醉汉，让他晚上的生意多上几单。

常年代驾的缘故，老张跟许多高档场所的泊车员交情不错，但这些场所，他其实一个都没进去过。泊车员们有时跟老张开玩笑，问他什么时候也进店消费消费，老张总是笑着说"下次，下次"。

老张的女儿刚考上大学，学的是音乐类专业，随便添置点乐器就几千上万，老张疼爱女儿，舍得为女儿花钱，钱从哪里来呢，都从老张自己的手，自己手握的方向盘里来。

醉酒后的客人们千奇百怪，有人一路高歌，有人呕吐不止，碰到一上车就蒙头大睡的，简直要谢天谢地。

一次送一位烂醉的客人回家，是个年轻女孩，年纪估计比老张的女儿大不了几岁，看她衣衫不整又不停地发着酒疯，老张想到了自己的女儿，他感到了一丝难过。

作为父亲的他，忍不住苦口婆心地劝说了女孩几句，让她晚上不要一个人在外面玩到这么晚，挺危险的，家人会担心。女孩却很不耐烦，说："你谁啊，凭什么管我……"

毕竟对方是客人，老张只能忍了，没有再说什么。

返程的时候，老张骑着自带的折叠自行车，路上下着一点小雨，老张没有带伞。他淋着雨，心里却想着，女儿有一阵子没来电话了，明天得好好跟她聊聊。

这样的老张，其实有很多个，他们奔波在每座城市的夜色里，接受着各种人的挑剔。他们虽是打不倒的硬汉，可触及惦念的人时，依旧会脆弱柔软。

这座城市风很大，总会有人晚归家。

人可以不饿不病不出意外地活着，应该心存感激才对，因为那些晚归家的人，替你抵挡了夜晚的黑暗和寒冷。

严歌苓写作的时候,有五样东西是必备的:高档的稿纸,干爽的棉袜,极辣的面条,陈年的红酒和一个大浴缸

/ / /

合群是个中性词,合群不代表正确,不合群也不代表奇葩。不要因为跟别人不一样,而误以为自己有问题,而磨平棱角去迎合人群,那些别人眼中格格不入的,或许正是你闪闪发光的地方。

一个人,在成为理想中的自己之前,是要做许多自己不喜欢的事情的,那些不喜欢的事情,恰恰是通往理想的途径。

不知道的人翻山越岭，
知道的人轻车熟路

刚进入影视公司的时候，我是一枚行业小白。

入职的前几天，公司刚好有新剧要推出，是一部受众为少女的偶像剧。

领导见我手头不忙，让我和另一位同事一起，整理出一份少女博主的广告价位表，当天下班前给他。

于是从上午十点开始，我厚着脸皮挨个给微博上的少女博主们发私信："你好……我是……我们的电视剧……它是一部……很适合推荐给……请问你的推广费用是……"

我发了一天的私信，只有很少人告诉了我价格，大部分的博主没有回应，准确地说，是压根没有点开私信。

眼看不到一个小时就要下班了，我的表格里只有十几个人的信息，其中几位还是我私下的作者朋友。

于是苦闷的我，问了问跟我一起做这个任务的同事，问他收集到了多少，能准时下班吗？

他说上百个，中午已经发过去了。

我愣了，一两个小时能收集到上百个，也太厉害了，我问他是怎么做到的。

他说很简单，报价表格这种东西，行业内有现成的。

在影视行业的微信群里发点小红包问一问，别人能私信发给你好几份，然后整合一下选出少女们喜欢的那些个，就好了。

原来是这样，我还以为要一个个去问呢。

刚开始租房的时候，一点头绪都没有，在租房网站上面瞎逛，发现心仪的房源全都是中介发布的。中介费用不便宜，基本是半个月甚至一个月的房租，我自然是想省下这笔钱。于是，傻头傻脑地在心仪地段的几个小区里寻找公告栏，寻找各种外墙小广告。看到合适的租房启事就打电话去问，聊了几句，发现接电话的人还是中介。

一圈电话打下来，我有点绝望，认为自己是不可能找到合适的私人房源了，无奈地放弃了寻找。最终，还是通过中介找了房子。

后来，在跟一位租房多年的朋友聊天中得知，他租房就不通过中介，一直是直接联系的房主。

我以为他是工作多年积累了人脉，托熟人找的房。他却说："哪要什么熟人，买几包烟就行了。"

他租房的时候，会去找心仪地段的小卖铺老板，尤其是那种中老年的、热情健谈的女性老板，在店里买包烟就能聊出很多有用的信息。

不仅如此，他还拿着刚买的烟，找小区的门卫唠嗑，谁家有房出租，行情大概多少，甚至房东的人品都能聊出来。

唔，居然还能这样。

很多时候，我们很辛苦却做不好一件事情，觉得很委屈，甚至怀疑自己不如别人。

其实，有些问题真的不是能力的问题，而是方法的问题。

不知道的人翻山越岭，知道的人轻车熟路。

珍惜每一个愿意跟你分享方法的人，他们让蛮力生活的你步履轻盈。

每个善于安慰他人的生物，
都是移动的大型伤口

阿潘，二十一岁，某文科专业大四学生。

他一直以为自己还会长个子，可惜一米六五的身高，不离不弃地陪伴他观看了两届奥运会。

阿潘个子小，性格也偏内向，男生们嫌他有点娘气，但是女同学们都很喜欢跟他玩，他不小肚鸡肠，也不会传出绯闻，像是一个无公害的树洞。

女生们，感情困惑找阿潘聊，问他，男生说这句话做这件事，究竟是什么意思？阿潘耐心分析，从自我角度出发解答。

寝室内的钩心斗角找阿潘吐槽，谁腹黑，谁抠门，谁不爱卫生，阿潘都知道，但他只是安慰，并不会全然相信。

就连女生从寝室搬出来跟男友合租，搬个行李的事，也找阿潘帮忙。

室友有时也笑话阿潘，当男闺密有几个意思？别人只把你当老好人，当免费劳动力而已。阿潘懒得反驳，至少他感觉，在大学里，他收获了友谊。

眼看就大四了，到了削尖脑袋找工作的季节，阿潘来自小城市，家境一般,自己的未来完全得靠自己。他穿着别扭的西装,垫着不那么合脚的增高鞋垫,挤进浩荡的求职大军里。

学历不高,个子也不高,未知的明天时常让他感到害怕,但这些,阿潘跟谁也不会说,他都选择了自我消化。

叶子,三十岁,深夜电台情感主播。

每天都会有无数听众,争先恐后地打进电话来跟叶子倾诉衷肠,讲述着自己不幸的家庭、出轨的婚姻和失败的人生,叶子总是在那头聆听着,梳理并安抚电波对面的悲伤患者。

在电波里,叶子有时会感觉自己像个被人期待的明星,可是一离开主播台,闲言碎语的压力就会从四面八方赶来将她包围。

名校毕业,模样尚可,各方面条件都不错,可就因为三十岁了还单身,她在父母口中像是一个罪人。日夜颠倒的工作,让叶子失去了原本的社交圈子,她也就很少找人倾诉,有什么委屈和难受都会选择自己咽

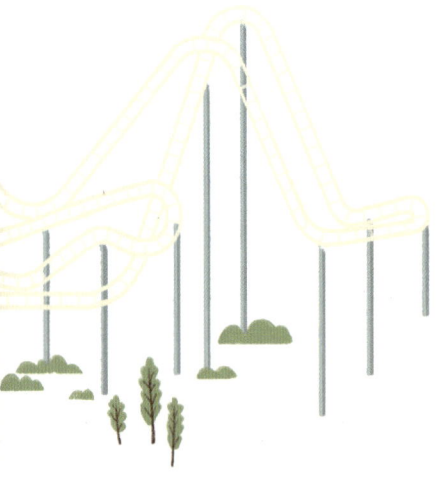

下去。当主播的这几年,她在电波里接收了大量的负面情绪,她深知作为一个安慰者的不易,她不想再把这份不易传给他人。

叶子爱美,也爱自己下厨,能说会道能够融进热闹,也能在周末的午后,抱着书本自己独处,无论工作还是生活,都被她收拾得井井有条。

她现在的生活,是以一个人最美好的姿态,在走向另一个未知的人的路上,不取悦,也不着急。

没遇上情投意合的,就继续单身。她真的想不明白:大龄单身女性为何总被扣上罪恶深重的帽子。

小敏,十八岁,高中生一名。

虽然大家都叫她小敏,但她块头一点也不小,体重已然接近身高,虽然成绩一般,但在全年级的女生里,体重是数一数二的。

小敏性格好,好像从来没见她发过脾气,所有人找她帮忙,她都有求必应。假期的时候,女生们喜欢拉小敏一起逛街,她像是一面皇后的魔镜,不管别人试穿什么衣服,她都会说"好看"。

她没有撒谎,她确实觉得好看,因为朋友试穿的那些衣服,她一件也穿不上,她穿不上的衣服,都好看。其实小敏知道,朋友们喜欢跟她站在一起,这样能衬托她们又瘦又美,但她不在乎,她觉得,这样至少比被排挤、被孤立要好。

女生们喜欢跟小敏倾诉,因为她话很少,只是安静地听着,也不会传话给别人。

当女生们倾诉着对自身容貌的不满意时,小敏总会很心宽地安慰道:"啊,哪有,你看我,我比你重了几十斤呢,你已经很瘦很美啦!"

每一句安抚对方的劝慰,都像是在往自己的伤口上撒盐。

也有人倾诉着情感困惑,每次碰到"他是不是喜欢我"的问题时,小敏也总是很热心地帮忙分析细节,尽管自己的情感经历,还是一张白纸。

对待爱情,小敏也是怀有憧憬的,她也在心里期许,哪天打开抽屉,里面能多一张画着爱心的小纸条——是真挚的纸条,不是恶作剧那种。

每个擅长安慰他人的生物,都是移动的大型伤口。

珍惜每个听你诉苦、掏心掏肺安慰你的人吧,因为他们自己身上流着血的同时,还愿意把解药分给你用。

我们相爱十年，
异国恋两年

有位男读者告诉我，他向爱人求婚成功了。我决定将他的爱情故事写下来，却怎么写都不对味，最后，我决定以第一人称来写这篇文章。

我和她相爱十年，异国恋两年。

人们都说异地恋是一场长跑，那异国恋，大概是一场长爬，两个人每天的生活轨迹，就像是住在世界两端的蜗牛，明明都在努力朝共同的生活前进，但遥远的想念让每一天、每一步都显得好慢。

她是我的大学同学，入学军训的时候，她就站在我的前面，梳着马尾辫，后颈很白，身上有一股淡淡的香味。

那时候我最喜欢的训练项目是单排踢正步，因为每当前面一排走完转身时，我就能名正言顺地盯着她看，她很好看，晒黑了也好看。

大一的一次班级游戏，我输了，要玩大冒险，被遮住眼睛来嗅随机的一位女生，猜出名字即过关，猜错则要给女生买一个月的早餐。

她靠近的时候，我一下子就闻出了她，但是，我还是报错了名字，因为，我是真的很想每天给她送早餐。

那一天是2006年的6月6日，我给她送早餐的第31天，也是我们在一起的第一天，这个日子很凑巧，听起来非常吉利，有三个6。

那时候666还不是个段子，我厚着脸皮挤出一句我自认为很有水平但现在看来很土的情话："我们的感情一定会顺顺利利的，人家是六六大顺，咱们是六倍的六六大顺呢！"她就是笑，也不说话。

那一年，我们十九岁。

三年后的毕业季，周围的情侣很多都选择了分手，但我们没有。

那时候，她手里有一个坐标上海的工作offer，我有好几个offer，其中最好的一个是北京的某家外企，我最终选择了上海的一家外企。她劝我再想想，不要为了她放弃前途，我说："傻瓜，待在上海也不错啊，不放弃前途更不放弃你。"

一开始，我们租住在两人单位的中间位置，每天七点起床挤地铁上班。两年的租房合同快到期时，她跟我说，她的单位很快就要搬到我那边去了，可以租个离我单位近的房子，我欣然同意。

搬进新家后我才知道，她的单位从来就没有要搬迁的意思，她只是想让我多休息一会儿。那时候我真的很想娶她，但我不能在那个时候娶她，我没有钱，更没有房，我不想她陪我受苦，不想让她在出租屋里结婚，在出租屋里生小孩，尽管她说她不介意，但我替她介意。

为了她，为了我们更好的未来，我认真工作，努力挣钱。那时候我很穷，但跟她相处时，我觉得周围的空气很甜。工作和生活都渐渐变好，我们换了更好的出租屋，我们离买房近了一步又一步。

两年前，我得到了一个去美国工作的机会，薪资翻了几倍，我有喜有忧。喜是因为，我将有能力为她提供更好的生活，忧是因为，我知道异国恋对于长跑八年的情侣意味着什么。

她对我说："你去吧，毕业那年你为我放弃了北京，这样的牺牲，一次就够了。异国恋没有关系的，只要心在一起，多远都不是问题。"

我真的去了，离开是为了更好的回来。

在纽约工作的日子里，我和她过着昼夜颠倒的生活，东方明珠华灯初上时，自由女神迎来第一缕曙光，我在天亮的时候跟她说晚安，她在我吃晚饭的时候，分享她亲手制作的早餐，我们隔了整整十二个小时。

我们每天视频，偶尔互寄包裹，我寄给她一切我看见的她可能会喜欢的东西，她总是抱怨我破费，但又很开心地一样样装扮上，自拍给我看。我不太懂得给自己买衣服，她便在国内把衣服买好，一套套地搭配好给我寄来。

记得有一次收到她的包裹，我拆开后用力吸了一口气，似乎感觉闻到了她的味道。

跟她说起这件事，她笑着说："你闻包裹的样子，一定很像一条缉毒犬。"讲完这句，她居然在视频那头哭了起来。

我问："刚才还笑着呢，怎么就哭了？"

她说："就是觉得你好可怜，异地恋太久，都开始疑神疑鬼了。"

"傻瓜，异地恋，是为了更早娶你啊！"她在视频那头，哭得更惨了，我好心疼，好想抱抱她。

昼夜颠倒也好，疑神疑鬼也好，两年终于是熬过来了，我在美国的工作结束，终于要回国了。

我飞翔了一万多公里，跨越了十二个时区，像穿越时空的恋人一般回到了她的身边，她见到我的时候，让我掐她一下，看是不是在做梦。

我舍不得掐，只想拼命吻她。

2016年6月6日，我们相爱整整十年，这一天，我向她求婚了，她将在属于我们自己的家里，成为我的新娘。

毕业、异地、贫穷……这些洪水猛兽都没能把我们分开，对于未来，我们无所畏惧。

这是我们相爱的第十年，我们还有很多个十年。

5

我不怕吃苦，我怕不快乐

你究竟是因为热爱，
还是仅仅出于目的

老师在课堂上分享过这样一段对话：

——我的儿子梦想去NBA打篮球，可他的身高只有168厘米，我该如何劝他放弃？

——如果他是想成为篮球明星，请劝他放弃。如果他是热爱打篮球这件事，请让他坚持。

我非常喜欢这段对话，觉得它可以适用于任何职业，任何兴趣。

假期回家，母亲拉着我去给她同事高考失利的女儿做思想工作。

这位刚满十八岁的小姑娘，高考成绩不理想，不想去读一般的大学，也不愿意复读，在家哭闹要去横店当群众演员。

我问她："为什么要去当演员？"

她说："当演员很好啊，可以体验不同人的生活，穿很多漂亮衣服，而且收入也很高，比那些辛辛苦苦的上班族轻松多了。"

我问："你学过表演吗？"

她说："没有，但我会跳舞，感觉这两件事差不多。"

我跟她说,表演和跳舞不是一码事,科班出身的演员,需要用四年的时间去学习声、台、形、表,而跳舞只能算是形体这一项。

她还是坚持自己的看法:"很多大明星都没念过表演,就是靠长相、靠运气被导演赏识的,比如某某,还有某某某。"

……

跟她聊了一下午,很天真的一个姑娘,在她眼中,去横店当群众演员,就是成为一个大明星的开始。自身条件是否适合、群众演员有多辛苦多努力、女孩独自在外有多危险,这些都不在她的考虑范围之内。

我告诉她,演员只是一种职业,明星是这职业中的佼佼者,是金字塔的顶尖。

金字塔尖的光亮,是吸引人们趋之若鹜的诱饵,但塔底基石的辛苦承受,才是多数人的平凡之路。

如果不是出于热爱,这条平凡之路会走得很累很痛苦。

好说歹说,姑娘终于同意复读准备报考表演专业。但愿,以后能在荧屏上见到她,但愿,她能真正爱上表演这件事情。

因为自身写作的缘故,我结识了不少喜欢写作的朋友,有人因为写作收获颇丰,也有人暂时没从写作中得到任何回报。

感觉大家都在等待,等待伯乐,等待自己更好的作品,或者等待天上掉下馅饼。

曾经有位朋友的朋友,据说是名写作爱好者,他对我说的第一句话是:"你能告诉我,怎样靠写作养活自己吗?"

我感觉这个问题有点大,而且我自己过得也不太好,一下子不知道怎么回答他。在我组织语言的时候,他说:"你能不能介绍几个编辑给我认识？要稿费高的那种杂志的。"

我感觉这样的问题很唐突，但碍于朋友的情面，我也不便多说什么，我问他平常写些什么类型的文章。

他说很少写，总是缺乏写作的动力，要是认识几个编辑，肯定会有动力的。

接着，他话匣子打开，开始跟我长篇大论地聊起了他的人生理想："我的理想就是当作家，感觉作家们过的都是那种养养猫、种种花、喝喝茶的诗意生活，用稿费养活自己，轻松又体面，还能被那么多读者喜欢，甚至崇拜，想想就幸福……"

我实在跟他聊不到一起，借故离开。后来也再无联系，不知他是否还爱好文学。

我只是一名作者，我不知道优秀的作家们过的是怎样的生活，但我相信，绝对没有一位作家，生活能轻松到每天只需种花喝茶养猫。

写不出来文章有多痛苦、被催稿有多焦急、写烂了有多自暴自弃……这些精神上的压力，并不比干体力活轻松到哪里去。

我始终觉得，想红想赚大钱的只能叫名利爱好者，只有那些即便无人知晓、即便毫无回报、依然想写爱写的，才配叫作文学爱好者。

如果有一天，你写作遇到瓶颈、你觉得自己写的都是垃圾、没有编辑看中你的稿子、没有读者欣赏你，你还要不要继续写下去呢？

先问一问你自己，你究竟是热爱写作本身，还是单纯向往一个成功作家的生活。如果是前者，请继续坚持，如果是后者，我劝你放弃。

任何职业、任何领域都是如此，喜欢唱歌就放声去唱，不要因为成不了歌手而懊恼；喜欢摄影就全心去拍，当不上摄影师也没有关系。

　　因为你的快乐，来自做这件事情本身，无法站在光环下，并不妨碍你继续热爱。

　　我希望，你做出的任何选择都是因为热爱，而不是因为目的。

我曾不计回报地喜欢一个人

2015年的最后一天晚上，宿舍里只有我和小雪两个人，我们蹲坐在摆满零食和啤酒的小桌边，庆祝毕业前的最后一次跨年。

跨年嘛，还是得有一些仪式感，我啜了一口酒，问小雪："你觉得这一年自己做过最酷的事情是什么啊？"

她被我突如其来的问题问得愣住了，想了一会儿说："我不知道我这一年做过最酷的事情是什么，但我知道这十年来我做过最酷的事情是什么。"

"是什么？"

"是十年来不计回报地喜欢一个人。"

小雪今年二十二岁，喜欢那个人的时候，她才十二，这并不是一个极端的早恋故事，仅仅是一场漫长的单相思，因为那个人远在韩国，是一位偶像明星。

你知道喜欢一位明星的感觉吗？

就像爱上一个黑洞，你被它神奇的魔力吸引，为它付出时间、金钱和爱，你微笑哭泣对着洞口大声喊话，而黑洞不会做任何的回应给你，对于这种结果，你心知肚明，你心甘情愿。

这十年来的小雪，收集有关偶像的一切，无论他站在顶峰还是跌落低谷，她都一直在远方陪伴着，为他学韩语，学街舞，甚至大学读了媒体类的专业。这一切，她喜欢的那个人都毫不知情。

我问小雪："这种不能被对方看见的付出，不会令人很难过吗？"

她说："不会啊，当你决定真心喜欢一个站在舞台上的人的时候，也会欣然接受舞台太亮他看不到你的现实。"

小雪的家人很反对她追星这件事，说绝不会在这上面给她一分钱，小雪的追星经费，全是自己做兼职和省吃俭用攒下来的。

大一那年，小雪在学校附近的电影院找了一份兼职。她的工作是检票，看似简单，却很琐碎，一天下来，手酸腿软。电影院的排班分白班和晚班，白天要上课，所以小雪上的几乎都是晚班，要检完最后一场的票才能下班。影院的最后一场放映，几乎都在晚上十一点半甚至更晚，而寝室的宿管阿姨会在每晚十二点准时锁门。

电影院到寝室大概有十分钟的路程，一下班，小雪就开始了通往寝室的飞奔，一边跑一边看时间，像十二点一到魔法就会失效的灰姑娘。

那年的体能测试，不擅运动的她800米居然跑了全组第二，我很惊奇她是怎么做到的，她说："不知道，大概是每晚下班飞奔时锻炼出来的吧。"

大二那年为了去上海看偶像的演唱会，小雪几乎整个月没逛过街，不知道多少餐是在寝室用小锅煮的挂面吃。即便这样艰辛，她仍笑着告诉我，她买的最前排的座位，说这样就能离偶像近一些。

演唱会当天，她穿上自己最漂亮的衣服，化好妆，简直像是去赴一场浪漫的约会。

去年偶像来长沙录制最火的一档综艺节目，知道这个消息时，她又喜又悲，喜的是偶像离自己如此近，悲的是这场票被黄牛炒到了超高的价格，她支付不起。她向一位家人在电视台工作的同学打听能否搞到票，同学说可能性很小，因为嘉宾太火了。

这句"可能性很小"让小雪看到了希望，因为对方并没有一口拒决她。于是，在接下来的日子里，小雪尽己所能地对这位同学好，帮他做笔记，替他拿快递，自己饿肚子却给他买早餐，甚至主动在周末的清晨替他去参加干部培训，在山顶跟一群不认识的人一起喊着傻乎乎的口号。小雪说："哪怕最后你弄不到票也没关系，至少你给过我一线希望，我心甘情愿做这些。"

最终，被打动的同学使尽浑身解数为她弄到了一张门票。她如愿以偿，在现场见到偶像时，她笑得可开心了，她鼓掌的镜头因为卖力地像一个托儿，而被节目组选中，持续使用了好几期。

有人不理解她，笑她是"脑残粉"，是"追星狗"，她则幽默地自嘲："我可喜欢狗啦，汪汪汪。"

现在的小雪，已经在某综艺节目现场上班了，未来的某一天，她真的可能以工作人员的身份遇见自己的偶像。没有舞台上那么亮的灯光，她的模样可以被偶像看清，或许她还能跟偶像聊上几句，她可以打趣地说："我当年一心想嫁给你来着，可是后来遇见对我很好的人啦，对不住咯！"

每个人的生命中，或许都需要这样一个偶像吧。他永远优秀地存在着，不对你要求，也不惹你生气，你为他牵肠挂肚，为他去开阔视野，为他努力成为更好的自己，而他一直在那里，像一架梯子，你左脚可以往上走，右脚还有休息的地方。

有偶像真的一点都不丢脸，无论你为偶像做过什么傻事，也无论别人怎么嘲笑你，你只要享受着喜欢一个人的过程，别人怎么看你，真的没关系。

也许未来三四十岁的你，回头看到二十岁为偶像疯狂的自己，也会变成一个别人，也会觉得自己很可笑，很不可理喻。

可那种不计回报地去喜欢一个人的勇气，再也不会有了，再也不会。

你有"澡堂精神"吗?

我有一个非常"老干部"的爱好——听相声。我曾在一个暴雨的恶劣天气走进一家相声会馆,那天上座率很低,十几排的座位,前两排都没坐满。

那天的第一个节目,逗哏是位老先生,他看到人很少,微笑着说:"大家不要担心,不要担心人少我们不认真讲,做演员就好比是开澡堂的,不管来的是一个人还是一群人,都会是满满一池子水。"

接下来的表演,的确没有让人失望,紧凑的两个小时里笑声不断,手机那么好玩,我都懒得碰。

听过很多优美的比喻句,把人比成花草树木季节天气……偏偏这个开澡堂的"俗气"比喻,让我难忘又欢喜。

反思过去的种种,觉得自己不太具备这种澡堂精神,甚至有时,还会不理解他人的澡堂精神。

因为写作的缘故,我陆续认识了一些电台主播。

主播们会在自己的网络电台里读我的文章,每次有主播来征询授权,我都会欣然答应。他们当中,有听众很多的知名主播,也有自娱自乐的小主播。

其中一位主播，是个在校大男孩，性格不知该说认真还是执拗，他在发布音频前，一定要先发给我听，问有没有需要改善的地方，不满意的话他可以重新录制。

刚开始我被他的细致打动，会抽出时间来听完并反馈。

到了第二次，我开始有些不耐烦了，一段录音，问候加音乐加文章，时长近半个小时，我得为这停下手头所有的事情。

而且，他的网络电台，收听人数只有几十个。我当时觉得，这点听众，不至于让他认真成这样。于是，并没有点开音频的我，等待了一些时间后，直接回复他："挺好的，没有什么要改的地方。"

第三次我依旧是这么做的，他大概是察觉出了我的敷衍，之后的日子里，渐渐地不再"麻烦"我了。

后来想想，觉得自己做得不太妥当。我可以因为忙碌而无暇听他的录音，但是不能因为他的听众太少而不想听他的录音。

明明别人做到了"澡堂精神"，对几十个听众，拿出了对几十万听众的热情，而我却着眼于他的规模，认为他过度认真。

很久没联系，甚至忘记了他的名字，他这两年大概要参加工作了吧，不知那股子认真劲儿还在不在，也许偶尔会被不理解，但守住了那就是宝藏啊。

不仅演员和主播，许多行业都应该这样吧，面对受众、面对顾客、面对学生……无论是一个人还是一群人，态度应该是一样的认真。

只有备好满池的水，才能对外应付自如，对内问心无愧。

城市里有那么多澡堂，好不容易客人走进了你这家，你不能说"你等等我，等我把空池子放满"，没有人愿意等的，他们会出门选择另外一家。

另一家可能比你家的装修差,地段也没你好,但你只能输得心服口服,因为你在起身放水的时候,另一家已经准备好了。

希望你能保持满满一池水的热情,门可罗雀时不沮丧,高朋满座时不狂妄。

我不怕吃苦，我怕不快乐

终于，我跟母亲坦白了自己早已辞职的事情。

像是积压在胸口很久的一口闷气，终于呼了出来。撒谎好累啊，终于不用再撒谎了。

辞职之前，我在一家影视公司上班，入职时明明顶着编剧的头衔，最后做的却是跟编剧完全不相干的工作。

说出来也许没人相信，我作为一个写温暖治愈文的作者，在公司里写的是炒作文案，要找自家艺人和自家影视作品的黑点，把它们放大来写，然后投放给大V们发布。

领导会指着我写的东西说："这个不行，要毒舌一些，要偏激一些……"

明知道这些是行业内司空见惯的事情，但心理上还是不太能接受。

有时候加班到很晚，回家还得继续写杂志的约稿，明明一个小时前我还在写某女星的黑历史，一个小时后我又化身读者的暖心小姐姐了。有时候写着写着会恍惚，觉得自己人格分裂。

后来，经过深思熟虑，我决定辞去这份工作，跟公司跟上司都没关系，只是因为这份工作于我而言，不适合。

辞职之后，我没有再去找工作，而是坐在家里、图书馆里，开始为自己上班：写约稿，写专栏，写公众号，用写作这一爱好来养活自己。

虽然这样的生活也不轻松，但我的心情比上班时好了很多。我不怕吃苦，我怕不快乐。

辞职的事，我一直瞒着家人没有说，因为在他们眼中，知名影视公司就职的我，工作很体面，辞掉这样的工作，是犯傻，全职写作更是傻上加傻。

于是，我开始了漫长的"假装在上班"的生活。

家人问我最近忙什么，我会翻着前同事们的朋友圈，看图说话地描述我近期的工作，最近公司上了什么剧，办了什么活动，我都说得有声有色。

问我晚上吃了什么，明明是一个人吃的外卖，我会说跟同事聚餐吃了火锅。就连家人出差来到我的城市，我也会选择晚上见面，因为"白天我在上班"。

就这样，无业游民的我，一直很让他们放心。

直到那天，我收到了一封邮件，很开心地截图发了朋友圈。

邮件里全是英文，母亲发微信问我写的是什么，我本可继续撒个谎糊弄过去，可是撒谎好累，我不想再撒谎了。

我回复她：这是澳大利亚签证，我要去那边工作生活一年。

她问我："现在的工作呢，不要了吗？"

我鼓起勇气说："其实我早就辞职了，怕你担心，一直没告诉你，那份工作太不快乐了。至于出国，我偷偷准备了好几个月，考雅思，准备各种材料，打算事成了再告诉你。"

我很紧张，以为母亲会大发雷霆，以为她会立马打电话过来，想不到她回复了一句："你长大了，我左右不了你，只要你身体健康，别的都好说。"

这句话让我在手机这头泣不成声，我以为母亲在意的是我的工作、我的薪水、我让她有面子的一切，其实她最在乎的，只是最简单的身体健康。

其实我一直有个小遗憾，没有一段国外长期生活的经历，不是说国外比国内好，而是在一个地方生活久了，也想知道，别的地方是怎样生活的。

我从未跟家里提过出国念书的事，巨额的留学花费，对于普通家庭来说真的是天文数字，懂事的话，就不应该提。

毕业一年，对读书没有了太多向往，可是随着年龄的增长，越来越觉得很多事情再不做就来不及了，于是闷头申请了澳洲签证，接下来的一年，工作也好，学习也好，放松也好，当是对越来越不年轻的自己一个交代。

那段时间写了不少软文，有读者给我留言：小诗啊，你变了。

其实我想说，我没有变，我跟几年前那个为了积攒旅费，疯狂投稿、疯狂参加各种有奖征文的小诗是同一个人，我现在也只是为了多攒点积蓄，让接下来的国外生活多点底气。

我从不否认我对金钱的喜爱，但我也从不会为了钱不择手段，我只为正规的品牌写软文，那些理财类的、养生类的……他们会给更多的推广费，但我不会去写，就像几年前，当代笔枪手能拿到更多的稿费，我也不会去写。

写完这篇文章,今晚还有一篇约稿要修改,大概又要熬夜了。别人说起熬夜总是苦大仇深,而我倒是乐在其中,因为写的是我喜欢的内容,所以熬夜也没什么。

　　我不怕吃苦啊,我怕不快乐。

我没你们想象得那么悲伤

长期写作的缘故吧,我的颈椎不是太好。

隔一阵子就会去做一次推拿,每次都去同一家推拿店,即便搬家后,也没有换别的,还是会特意绕路去这家。

我属于比较知足的性格,遇见中意的之后,就不想再尝试其他的了,哪怕其他的会更好。也不知道,这算是优点还是缺点。

这是家规模很小的盲人推拿店,开在一条不起眼的小路上,全店只有三位师傅,都有着不同程度的视觉障碍。

说实话,接触他们之前,我和大多数人一样,对这个群体是小心翼翼的,怕说错了话让他们敏感,也怕做错了事让他们行动不便。可是认识一年以来,我感觉,我还不如他们乐观坚强。

那天我随口问了一句:"可以用支付宝付款吗?"问完我就觉得自己说错话了——他们几乎看不见,怎么使用智能手机使用支付宝呢!

可是师傅回答:"可以,建议你用大众点评,还能优惠几块钱。"

然后我看着他把手机放得离眼睛很近很近,几乎是贴着眼珠那么近,借助一些光感,帮我验证券码。

他说:"我以前也是不会这些的,别人告诉我这样更方便,还能吸引顾客,我就慢慢学会了。"

有一次我去的时候比较早,店里没什么人,师傅正在用电脑上网,这是我第一次见盲人使用电脑——有耳机,有键盘,没有显示器,是靠语音读屏来操作的,他用起来还挺顺溜。

推拿店所在的街道今年会被拆迁,他们只能再找地方租铺面。

其中视力勉强好一点的那位师傅,会趁早上客人少,自己搭公车出门找店面。现在新店已经开始装修了,前前后后,都是这几位视障师傅自己在张罗着。

他们虽然不太看得见,但他们的生活井井有条,店里很干净,连厕所里的毛巾都是洁白的。

该了解的新闻他们知道的不比我少,从周边房价到民生热点,从国外政事到体育比赛,他们什么都懂,什么都能聊。

我会跟师傅聊我的工作,他们也会跟我聊他们的工作。不过他们工作时的见闻,比我的有趣多了:

有两位互不相识的客人,因为推拿时聊天聊到某个历史问题意见不同,居然打起来了。

有两位女客人并排着做推拿,一位离开时迷迷糊糊左右脚穿了不同的鞋走了,另一位临走时发现自己的鞋子少了一只,哭着说:"我的鞋很贵的!"

还有来店里拔火罐的客人,得知拔完火罐当天不能洗澡,提出在推拿师傅的店里冲个凉再拔火罐。得到允许后,洗完澡的他,居然……居然困了,然后没消费就直接回家了……

哈哈哈，感觉这些客人，一个个都是金光闪闪的奇葩，也能感觉出，师傅们懂得在自己辛苦的工作中，发现一些轻松好笑的时刻。

他们每天从早推拿到晚，一双手支撑起了自己的整个生活，听其中一位师傅说，他还经常给远方的父母寄钱。

他说："按理说我是个残疾人，没资格看不起别人，但我就看不起那些四肢健全出去讨饭的，不说活成大富大贵吧，人想活出个人样还是不难的。"

"人想活出个人样还是不难的"当时听到他说这句话的时候，感觉好戳心啊！我觉得他们很励志很难得的时候，他们眼中的自己，不过是活出了人应有的样子而已。

健全人的优越感哪，总觉得残障人士就应该怎样怎样，又是生活不能自理，又是内心多么自卑沮丧。

其实，他们比我们想象得强大多了，他们对自己的要求也比我们想的高多了。

反倒是我们，一边年轻健康，一边消极悲伤……

不过是努力前行，
为何说我利欲熏心

那天在路上偶遇一位关系不错的学妹，平日里她都会老远就甜甜地跟我打招呼，但这一次没有。

她的眼神甚至有点躲避我，走近了我才发现，学妹哭了，原本精致的妆容，此时像是打翻的颜料。

问她怎么了，她支支吾吾说没事，然后踩着不适合她年纪的高跟鞋，拎着几包看似衣物的袋子，消失在我的视野。

当天晚上，我还是想着这件事不对劲，于是发消息问她发生了什么事，需不需要帮忙。

并不是我爱多管闲事，而是我平日里很喜欢这位学妹。她学的是播音主持专业，漂亮开朗又有礼貌，我们因她在网络电台朗诵一篇我的文章而相识，后渐渐发展成线下好友。

其实学妹的电台并没有多少听众，但她每一次的认真劲头啊，仿佛声波的对面有上万只耳朵在等待，她是我眼中那种优秀又努力的女孩，我舍不得好女孩流眼泪。

心情平复一点的她，向我娓娓道来她的经历。

学妹从大二开始接一些外面的主持活动，商场店庆、公司年会、车展和婚礼她都主持过，她不觉得学生用课余时间出去挣钱有什么错，相反，一次次的锻炼，让原本不那么开朗自信的她变得大胆起来，突发情况也能应付自如。总之，商业主持对她而言是一举两得的事情。

但她周围像自己一样忙于"接活儿"的同学并不是很多，大部分同学家境殷实，认为自己不缺那个钱没必要去受那份辛苦。活动主持的时间多集中在周末，而周末又是小姐妹们吃饭逛街的主要时段，因此，学妹错过了一些聚会，她也渐渐成为同学眼中的异类——那个"想赚钱想疯了"的异类。

其实学妹的家境并不困顿，父母每月给的生活费都够用，她只是觉得，反正闲着也是闲着，既然自己可以靠不反感的劳动换来报酬，替父母分担一些又有何不可呢。

她清楚地记得自己第一次挣到主持费时的激动，去专柜选了两支很喜欢的口红，自己一支，孝敬妈妈一支，即便妈妈因为那支口红颜色太艳很少用，但随口红一起送的手写便签，妈妈现在还夹在本子里珍藏着。那张便签上写的是：老妈，等着我养你吧！

她清楚记得自己第一次用劳动报酬来抵制歧视时的痛快。一次，有个找她帮过忙的研究生学长请吃饭，这个学长面相猥琐、言语暧昧，说自己在跟导师做很牛的项目，又说女生不用读太多书，也不用去辛苦工作，尤其像她这种长得漂亮的，嫁个学历好又会赚钱的男人，可以少奋斗十几年，甚至直接问学妹："听说你们这种专业，有很多女生被人包养啊？"

学妹没回话，去洗手间的时候，默默在前台把账结了。吃完饭男生叫服务员埋单时,她说:"我已经付过了,这顿我请,毕竟你们研究生一个月的津贴还不够我一场主持的钱。"学长当时的表情,真是一个大写的"尴尬"。

今天,学妹是去主持了一场很久之前就应允了的开业活动,时间在周六下午,本不会耽误上课。可是就在前一天晚上,老师临时通知下周二的课因为自己有事而改到这周六的下午,刚好跟学妹的主持活动冲突,而学妹早已和主办方沟通过多次台本,现场彩排也完整走过,她无法推掉这场主持,更无法找到顶替自己的人,她只能选择逃课。

她在现场主持的时候,同学们在教室上课。小班专业课,老师一眼就发现她没来,问去哪里了,底下有同学不怀好意地回答:"老师,她赚钱去啦!"

老师很生气,说这哪是学生该有的样子,甚至让同学转告她:"下次再因为商业主持缺席,这门课就算她不及格。"

学妹结束了主持,在大冬天穿着无袖裙装礼服瑟瑟发抖地走到后台披上羽绒服拿起手机时,看到同学给她发来的微信:"让你不要为几个钱那么拼命吧,这下好了,老师很生气,说要挂掉你。"

在那个瞬间,她的眼泪不受控制地流了下来,她觉得好冷,披着长羽绒服的自己,比刚才站在台上的时候还要冷。

再之后,就有了哭花妆的她在校园里被我撞见的场景。

听完学妹的讲述,我突然好心疼她,我心疼一个女孩子的努力,在他人看来却是那么利欲熏心。在她身上,我也看到了之前的自己。

大一那年,我看了很多关于行走的书籍,也想如书中的人们一样,来场说走就走的旅行,可我不想向父母要钱,我觉得已经成年的自己不能再让父母来为自己的梦想埋单了,于是,我把零星的写作发展成了相对高产的写作,想用写稿所得来完成旅费的积攒。

没课的时候,我在图书馆写,在自习室写,把特别的经历写成叙事散文,把瞬间的脑洞写成短篇小说,它们变成了杂志上的一篇篇铅字,也变成了飞向我的一笔笔稿费。我喜欢写,我也喜欢钱,但跟挣钱相比,我更喜欢努力挣钱时的自己,这样的自己,是充实的,是自信的,是在物质和人格上更接近自由的。

一次和作者朋友聊天,他说:"最近怎么总在杂志上看到你名字,要不要这么拼啊?最近是不是很缺钱呢?你学生,还是好好享受大学生活比较重要,大学就应该好好玩,好好谈恋爱,挣钱这种事,毕业了再去想。"

"什么时候就应该怎么样"的句式,从小到大我听过太多遍,每个过来人都有说不完的金科玉律想传授给后辈,可是,他们忘记了,世上没有两个人能一生都走相同的路,他只是他来时那条路的过来人,那条路不能复制给别人。

他觉得好好玩、好好恋爱是享受大学,而在我的路途上,好好写、好好追梦也是享受大学的一种。

大一暑假,我的稿费积蓄已经有五位数,我因此展开了为期一个月的旅行。看着一路的风景,我感觉这一年为它们做的努力都是值得的。在那时候的我眼中,钱并不是钱,而是,通往更美的地方的车票。

这世上并没有那么多利欲熏心的事情,每一个靠努力劳动获取报酬的人,都应该被尊重。

你来到世界上，
不是为了和所有人一样

不止一次写到好朋友小雨。

前几天跟小雨聊天，聊起去年的这个时候，她感慨万千。

去年此时的她，正在备战研究生考试，每天早出晚归，像一个住在图书馆里的人。

小雨的本科学校比较一般，她是寝室里唯一考研的人，别人也不是没有过这念头，只是大家似乎达成了一种共识：算了，那些本科比我们好的人都考不上，我们更考不上了，懒得受罪。

于是，室友A在跟男友煲电话粥的时候，小雨在复习考研；室友B在寝室盘着腿追剧的时候，小雨在复习考研；室友C在逛街买买买的时候，小雨在复习考研；室友ABC一起K歌聚餐的时候，小雨还在复习考研。

小雨有时也想加入她们，也想成为集体的一分子，可是，对于备战考研的人来说，一丁点儿的娱乐有时都像是罪恶。

渐渐地，室友们什么活动都不带小雨了，小雨一个人活成了一支队伍，在图书馆埋头复习，奋笔疾书。

心情不好的时候,她也会给我打电话。她说,感觉自己好像做错了什么事一样,选择跟别人不一样的路走,像一个异类,甚至像个徒劳的傻子。

我告诉小雨:"有的时候别人孤立你,其实不是别人坏,也不是你坏,仅仅只是,你跟别人不一样而已,而不一样,并没有错呀!"

奋斗也好,煎熬也好,小雨挺了下来。

现在的小雨是一名在校研究生,念自己喜欢的专业,开始懂得打扮,也有关心她的男友,偶尔做家教挣点外快,每个月还能收到国家发放的补贴,小日子过得很幸福。

她很感激当年为考研奋斗的自己,也感激自己没有为了合群而放弃做一个"执着的傻子"。

写作以来,认识很多优秀的姑娘,现在想讲的这一位,她比较害羞,不愿我透露她的姓名,我只能像平常一样称呼她"姐姐"。

姐姐在政府部门工作,性格比较温婉,爱写点文章,养养花草,丈夫顾家,小孩成绩好,这也算是小康之家了。

姐姐工作之余开了个公众号,写点文章,小情小感,当是对生活的一个记录。

当时同事们有点无法理解,甚至笑她,说:"平常上班写那么多文书报告还不够累的?下班了还给自己找事做,放松放松多好。"在同事眼中,下班后唱歌喝酒打麻将是正常的,而写文章是不正常的。

姐姐一笑了之,因为她确实对唱歌打牌什么的没有兴趣。她继续用心经营着自己的小天地,更新频率不高,但每一篇都很用心。

因为文采不错,加上某几篇文章的意外走红,姐姐从一个只有亲戚朋友关注的百人小号，渐渐变成了拥有数万粉丝的"小网红"。

读者赞赏她的文采，甚至有广告商找上门来合作，出版公司也想给她出书。

原本只是自娱自乐的小文章，居然改变了她的生活，甚至圆了这个小城大龄女性的作家梦，连姐姐自己都说"不可思议"。

而当时那些不理解她的、觉得她闲着没事干的同事们，再也不说她闲话了，反倒经常有人来套近乎："我跟别人说你是我朋友，他们都好羡慕我呢！"

小雨也好，姐姐也罢，也许一开始都被认为是不合群的异类，但正是这种不合群，让他们成为更好的自己。

在许多人不知道自己要什么、喜欢什么的时候，你清楚地发现了自己的目标和兴趣，为什么不去好好守护呢？

合群是个中性词，合群不代表正确，不合群也不代表奇葩。不要因为跟别人不一样，而误以为自己有问题，而磨平棱角去迎合人群，那些别人眼中格格不入的，或许正是你闪闪发光的地方。

你来到这个世界上，不是为了和所有人一样，按照内心去生活，才能遇见无限可能的自我。

远离功利，
接近幸福

去尼泊尔旅行时，我还是一名大学一年级的学生，少不更事，浪漫却固执，觉得人生一定要轰轰烈烈才对，要取得很大的成就，要成为某个行业的精英，或者赚很多钱才行。

那时候的我，经历了没有家人支持的独自赚旅费之路，写稿、兼职、节衣缩食，活得像一个小财迷；那时候的我，觉得赚钱和证明自己很重要，甚至比生活本身更重要。

尼泊尔是一个很慢、很淡的国度，虽然大部分国民都很穷，但他们的幸福指数位居世界前列。尼泊尔人并不急着赚钱和成功，他们有新鲜的空气、秀美的山川和无比高尚的宗教信仰，这些都使他们感到幸福。

我途经尼泊尔，像是火焰遇见了海水，我的小野心、我的急于求成、我的固执可笑，全都被它的云淡风轻悄悄熄灭。

博卡拉是尼泊尔的第二大城市，不如首都加德满都繁华和热闹，却有它自己的温婉韵味，痛仰乐队曾为这座城市创作了一首名为《博卡拉》的歌曲。整座城市的中心是一片湖，名叫"费瓦"，我第一眼见到费瓦湖时，感觉自己是迷失在夕阳海景的少年派——太美了，像是闯进了一幅油画。

在博卡拉的三天,我至少有一天半是在湖边或湖面的小船上度过的,有时什么也不干,就是放空,我的脑袋瓜里装了太多的东西,这片湖好像在告诉我,它愿意替我保管。

在湖边,我认识了一位高高胖胖的摄影师,他是我的第一位尼泊尔朋友。他的英语出奇的好,我的英语虽不是很流利,但加上我生动的肢体语言,两个人倒也能无障碍交流。

一开始,当他说他的职业是摄影师的时候,我是不太相信的,因为他手里的相机是入门级别的单反,简单而且便宜,在我的印象中,摄影师是行头非常专业、非常昂贵的一群家伙。

我看看他周围,想着或许会有另外一个大背包,里面装着三脚架、闪光灯和一堆镜头,然而并没有,他全身只有胸前的一个小挎包,小挎包刚好能装下他的这个小相机。

所以,我把他当成了那种"我画过几张画所以我是画家,我发表过几篇文章所以我是作家"的一类人,认为他给自己戴了高帽,但出于对国外友人的礼貌,我没有对他的身份表现出正面的质疑,只是委婉地问他:"在尼泊尔,摄影师出门只带这么简单的器材吗?"

他笑了笑说:"照片好不好,跟相机关系不大,心情好就行。"颇有隐士高人的感觉,让我摸不到头脑。

在接下来的交流中,我才发现自己之前的怀疑是多么的小人之心。在我的请求下,他给我看了他相机里的照片,同样的尼泊尔,同样的费瓦湖,同样的少女和小孩,他拍的和我拍的,简直像是两个不同的地方。

在他的镜头下,我看见鱼尾峰被清晨的第一缕阳光镶上金边;我看见街市上穿沙丽的少女莞尔一笑；我看见庙宇前静坐沉思的苦行僧眉间的慈善……我看见，我看见了明明我亲身经历却不曾留意的种种美好瞬间。

更令我惊讶的是，他的相机里居然有两张是抓拍我的照片。照片里，船漂在费瓦湖上，我站在船头，跟风景融为了一体，我觉得自己简直太美了。

我跟他说："我好喜欢你拍的照片，给你一个电子邮箱，你能把拍我的照片发给我吗？"我想让他顺便帮我后期处理调色一下，毕竟他是专业的，但后期处理的英文我不会说，就傻愣愣地说了一个后期软件名称：photoshop。他明白了我的意思，但他并不同意给我做后期处理。

他跟我说，除了商业活动，他基本不做后期。照片很真诚，后期则太会撒谎，如果活在几十年前，只有拍照没有后期，那时候的摄影师才是真正意义的摄影师，活得很纯粹，因为现在社会的复杂，现在的摄影师都活得太辛苦了。

进一步的聊天，我才知道，他英语好的原因是他有过留学的经历，专业学的还是摄影，在国外有工作，最近是回家小住。在聊天中，他多次提到，外面的世界太快了。是啊，在尼泊尔这样闲适的国度长大，会不喜欢外面忙碌的环境吧。

"你不喜欢你工作的国家吗？"我问了一个很笨的问题，或许说，太高深的问题，我用英语表达不出来。

他回答："工作归工作，生活归生活。"

"所以，是你不喜欢摄影师这份工作咯？"我追问。

他说："喜欢啊，喜欢到疯狂，可正是因为喜欢，才要保持好一个度。我工作时拍的照片要给客户,可自己生活时候的照片,只拍给自己,开心就行。入门机器没有什么不好,轻便随意,重要的是感觉,照片是给自己看的,不是给别人看的。"他讲了很多,我记住的或者说我听懂的大致是这些。

"重要的是感觉"和"照片是给自己看的",这两句话,我咀嚼了很久,到现在依然觉得意味深长。

我想了一堆旅行的意义,想用旅行来证明自己,想拍很美的旅行照,写精彩的游记,可重要的是旅途中的感觉,而其他不过是附加值,我有些本末倒置了。

我想满足自己的小野心,想变得很厉害,想变得很优秀,可这些,好像都是做给别人看的,但我的生活明明是活给我自己看的啊。一件事情,如果单纯为了做给别人看,那就不必去做了,不是吗?

告别时,摄影师指了指天空,让我抬头看空中的滑翔伞,他说,博卡拉是全世界最适合滑翔的几个城市之一,如果有时间,我可以去试试。

他说:"当你飞在天上时,你会发现你留恋的物品都无法带上去,你只能带上身躯,你也什么都不用做,只需要欣赏眼前的风景,做最真实的自己。"

不是很长的一段对话,发生在夕阳下的湖边,对话很难忘,风景也很美,那样的一个午后,会让人记得很久。他只是千千万万尼泊尔人的一个缩影,却代表了大部分尼泊尔人的生活方式,在简单的生活中发现最纯粹的幸福,不好高骛远,也不急于求成。

临走前的一天,我登上山顶,体验了一次滑翔伞,在教练的带领下飞翔在天际,我像鸟儿一般俯瞰着这座城市,山川、湖水尽收眼底,除了欣赏美,我什么都不去想,那个瞬间的我,最纯粹,最简单。

从尼泊尔回来之后,我或许没有什么翻天覆地的变化,只是我开始明白,幸福感可以来自很多比"成功"更有意义的温暖瞬间。

大学这几年,我去寺庙做义工,没有一分钱报酬,也没有任何证书,但我很享受那个过程;加入环保组织,徒步走一百多公里做宣传,辛苦却有意义;看书、旅行、写作,不为了告诉任何人,只为了充实自己。这个世界有很多的美好,但戴着功利眼镜的人很难找到。

远离功利,才能更接近幸福。

放弃梦想的人可耻吗?

喝过太多关于梦想的鸡汤,鸡汤里说,人一定要有梦想,一定要坚持梦想,放弃梦想是可耻的。

年少的时候,十分相信这些话,会拿来给自己打鸡血,也会把"坚持梦想"作为评判周围人的一项标准。

直到后来,亲眼看见了放弃梦想的人,才发现,其实很多事情,跟故事里讲的道理不一样。

黑皮是我读大学那会儿的好友,他一直梦想着来一场说走就走的旅行,并为此踏上了漫漫攒钱路。

在我们寻思着去哪家餐厅吃饭的时候,他在学校食堂里做兼职。

我问他,为什么那么多体面轻松的兼职他不做,非要在难吃的食堂里打杂?

他说,食堂不用逃课,还管饭。

偶然听黑皮谈起他的旅行梦,问他想去哪儿,他说西藏和尼泊尔。

我说:"这俩地儿顺路,你可以一趟走完。"

他说,没钱。

攒路费,这就是黑皮在食堂兼职的原因,再简单不过。

为了不耽误工作，黑皮一下课就往食堂跑，他人黑，又跑得快，我说他是牙买加的博尔特，他憨憨一笑，露出牙膏广告般的笑容。

因为兼职时间都在饭点，那些日子，黑皮放弃了午睡。下班后，吃点不热乎的饭菜，就该起身去教室了。

大家都不爱坐他旁边的座位，一股剩菜味道，尤其夏天，教室的风扇一吹，剩菜味夹杂着他的汗味弥漫开来，让人对整个食堂都失去了期待。

黑皮说，食堂给的工资虽然不高，但解决了一日三餐，生活费也可以省下大半，这样攒到学期末，暑假旅行的钱基本也就够了。

我跟黑皮关系好，他的心事会讲给我听，有一天他说，他在食堂里喜欢上一个姑娘。

姑娘很恬静的长相，每天一个人来吃饭，坐在不起眼的角落，一小口一小口地吃，每次吃的菜都是那几样，他都能背下来。有时姑娘到点了还没来，他都替姑娘担心，怕她爱吃的菜卖完了。

听着糙汉子黑皮如此细腻的描述，我都忍不住想见一见这个姑娘了。

黑皮问我，应该怎么办，在校园里，好难遇见她，要不要在食堂跟她搭讪？

我犹豫了半天，说："黑皮，要不，你暑假旅行回来了再去追求这个女孩子吧，因为……"

"因为什么？因为我在食堂做兼职？这样很丢人吗？"黑皮有些敏感。

"不是，只是因为，追求一个女孩子，是一件费心又费钱的事情。没追上，难过不说，浪漫经费还打了水漂；追上了，后期约会投入便是个无底洞，我怕你谈了恋爱就凑不够路费了。"我终于口无遮拦地说出了心中想法。

黑皮沉默，没有再说什么。

"那些开口闭口就来场奋不顾身的爱情、说走就走的旅行的人,都是站着说话不腰疼的,说的跟这些都不要钱似的。"我画蛇添足的安慰似乎让黑皮变得更加郁闷,他一声不吭地走开了。

而后的日子,黑皮没有再跟我聊起女孩的事情,他依然在下课铃后化身黑色闪电,依然在食堂勤勤恳恳地工作。

事情的发展,也并没有像每个励志故事那样。黑皮攒够了旅行的钱,却没有迈出远行的那一步。

他跟我说,在他最想旅行的时候,他去了食堂工作,在他最想休息的时候,暑假来了。

暑假在家,他看见用老式手机眯着眼睛存号码的父亲、在商场买件小品牌衣服都犹豫地来回走了两趟的母亲,他突然好心疼。

他觉得什么梦想啊心愿啊,在困顿的现实前都该放一放。

他给父母添置了物品,余下的钱也全都给了他们,怕父母心疼,他没说是食堂兼职攒的,只说是学校发的奖学金,父母很是欣慰。

新学期,黑皮没有再去食堂兼职,他累了。

食堂里那个心仪的姑娘,依然坐在那个位子上一小口一小口地吃饭,只是她的身旁,有了异性同伴。

很长的一段时间里,每当有人说起"穷游",我满脑子都是黑皮的样子,虽然他最终只有穷,没有游,但我见证了他为积攒旅费付出的艰辛,也曾被他温情的放弃而打动。

放弃梦想的人不一定可耻,能为生命中更重要的事,把梦想暂放的人一定可贵。

6

这一年，我们再也没有开学

喜欢就把糖分你，
不喜欢连糖纸都不给你

住处附近有一所小学，傍晚回家的时候，我经常能撞见小学生放学。

虽然他们整体个头比当年的我们要大一号，但是放学后脸上难抑的喜悦表情是一样一样的。

见过好伙伴勾肩搭背，有说有笑，聊着周末去哪儿玩，去谁家吃饭的。

也曾见过，一个小孩推搡另一个说道："今天开始我们就不是好朋友了！"

虽然幼稚可笑，却莫名地让人有一丝羡慕，这好像就是我们这些大人口中的"敢爱敢恨"吧，可惜，年纪越大，就越难做到了。

我记性不好，却对一个儿时场景印象深刻。

冬日暖阳的午后，邻居家的伙伴抱着一个精致的铁盒，坐在小区的花坛边吃糖，阳光洒在装糖果的铁盒上，铁盒反着光，远远望去，她手上抱着一团明晃晃的东西，好似什么宝贝。

嘴馋的我走近她，明知故问地说："你在吃什么？"

她说:"我阿姨从香港给我带的糖果,每一颗都有不同的夹心,可好吃了,来,我分点给你。"说完她就给我抓了一把,是一把,不是一个。

当时,我受宠若惊,确信她把我当成很好的朋友。

要知道在那个年代,一盒来自香港的糖果是很宝贝的,糖可以吃,糖纸可以用来折千纸鹤,装糖果的铁盒不仅能用来放东西,还能用来告诉别人"我曾经拥有过这样一盒糖果"。

我们吃完糖,蹲在花坛边折纸的时候,一个小男孩凑过来,想加入我们,他伸手拿糖纸时,小伙伴大喊一声"你别动",愣是用气势把男孩逼走了。

是啊,这就是孩童的处事方法,跟你玩得好,再珍惜的糖果,也舍得分给你,跟你玩得不好,吃完的糖纸都不愿意给你。

长大后,也有喜恶之情,但在喜欢的人面前,会潜意识保持着距离,在不喜欢的人面前,也会强颜欢笑不露声色,这是大人们无须沟通就达成的共识。

我们刚刚还在倾听着朋友对某人口若悬河的抱怨,转身就见到她在朋友圈里跟对方亲昵互动,仿佛前一秒势不两立的两个人,这一秒成了形影不离的双生花。

想告诉那些刚放学的小屁孩,趁着年少,赶紧跟好友明目张胆地抱团吧,赶紧跟不喜欢的朋友大方地说再见吧,等你长大了,你就无法这样做了,甚至是,失去这种能力了。

在成人世界里,"我喜欢你但要权衡利弊再决定是否喜欢你"是一种平等社交,"我不喜欢你却可以跟你微笑共处让你觉得我喜欢你"是一种高阶情商。

喜恶变成琢磨不透的东西，喜欢可能是讨厌，讨厌也可能是喜欢。

小孩们敢爱敢恨没有错，大人们强颜欢笑也没有错，这世上的很多事情，本来就是没有对错的，非要论个对错的话，也许是时间和空间错了吧。

小孩拥有大人的八面玲珑是错的，这样会不好玩。

大人拥有小孩的赤子之心是错的，这样会输很惨。

我们志趣不投，
却八字相合

人们总说，志趣相投的人最容易成为好朋友，其实我不太赞同。

我反倒觉得，志趣不投的人，相处起来会更有意思，因为，他们会让你看到，人生的另外一种可能。

我跟我最好的朋友小雨，就是完全不同的类型。

我喜欢写作，对英语无感，应付完了考试就全都还给老师；她英语很好，一年看的字母大概比汉字还多，戏谑自己的文章狗屁不通。

我有很多长裙子，她笑我每天穿着破布；她全是牛仔裤，我埋汰她天天不换衣服。

我有一堆不切实际的愿望，我的理想是不上班；她脚踏实地不乱想远方，理想是当一名人民教师。

……

我们真的太不一样了，如果把我俩的人生具象为两个巨大的集合，我们的交点也许只剩下我们刚好是对方的挚友，两个集合甚至没有重叠，仅仅是边缘相切。

可是，就是因为这么多的不一样，我们像两块完全不同的不规则积木一样，刚好缝隙合适地拼接在了一起，认识十二年，从未有过争吵。

我每次出门都会给她带纪念品，是那种完全不费脑细胞的，只是走在异乡的路上，无意间看到橱窗，惊觉某某太适合她了，于是我便买下来送给她，就这么简单。

她是居家能手，每当在网上淘到一个好宝贝，就再买一个直接寄给我，什么两用蒸锅、迷你榨汁机，还有各种饼干糖果，把爱和肥肉一起给了我。

读书的时候，去她的大学里玩，她的室友都已经知道了我，她们开口闭口叫我"作家"，我尴尬到不行。小雨当着我的面，贱贱地对她室友说："你们不要欺负我哦，小心我找她打报告，把你们一个个写成反面素材。"她室友和我被这话逗得前仰后合。

她来到我的大学，我们两个挤在80厘米宽的上铺小床丝毫不能动弹，晚上躺着聊天的时候，就像两具木乃伊在对话。我说："太挤了，咱们出去住宾馆得了。"她说："不浪费你的钱啦，我觉得还好，没那么挤，可能我比较瘦。"隔壁床的室友听到我们的对话憋声偷笑。

我当交换生的时候，联系号码一直写她的电话，发实习简历，用人单位给她打电话，得知不是本人，就让她作为朋友客观介绍一下我。

她呱呱说了一堆，把我夸上天，用人单位半信半疑地问她："你骗我吧，你就是本人吧？"哈哈，大概除了我本人，没几个比她更了解我了，而我不好意思夸自己的话，她都帮我说了，伴随N倍的夸张。

她实习那会儿，一个人在单位附近租了个小房子，我途经她的城市，便在她的小屋里睡个午觉再起来赶车。天很热，我在有空调的小房子里睡醒，发现她在卧室外的客厅坐着，满头大汗，我问她为什么不待在空调房里，她说："我感冒了打喷嚏，怕吵着你呀！"

我比赛获奖，发表文章，她替我高兴；她四六级超高分，考了一堆厉害到不行的英语证书，我也咆哮祝福。

真正的好朋友，就是这样，对方取得了成绩，你比她还高兴，恨不得飞到她面前，抱着她说："小贱人你怎么这么棒啊！"不嫉妒，不中伤，更不会假装不在意。

嫉妒虽是人类的天性，可正因为我们完全不一样，我们的特长、我们的志向、我们未来的种种都不一样，对方的优秀，对于自己而言，是一个"我好朋友很棒"的礼物，而不是"她有我没有"的心理悬殊。

在不远的未来，我最好的朋友，会成为某个男人的妻子，某个小孩的妈，这些是终将到来的未知，而我们互为挚友这件事，是不会改变的事实。

志趣相投固然很好，志趣不投也别有滋味。

我们是完全不同的女孩，在不同的世界里相互赞赏，共同进步，我们志趣不投，却八字相合。

好朋友有了新朋友，
我为什么会感到难受

我大学毕业后直接参加了工作，我最好的朋友小雨去读了研究生。

工作的人大概会明白那种感觉，就是，你与上学的人之间，越来越没有共同语言。

你在心疼刚交出去的大笔房租，她却抱怨八百块一年的宿舍配置不高；你吃着又贵又差的外卖似乎没饱，她在食堂琳琅满目不知道吃什么才好。

虽然两人还是会经常聊微信、接视频，但是聊天的内容，从之前的根本停不下来，到后来的冷场尴尬彼此不知道说什么。

我们的喜悦也好，忧愁也罢，似乎开始很难让对方感同身受了。她的生活里有了我不认识的新同学，我的生活里也有了她不知晓的新同事。

两人的生活轨迹，像是从一个同心圆里逆向分开，交集越来越少。

一次刷朋友圈，看到小雨新发的状态。

照片里，她挽着一个女孩，两人很开心地扮鬼脸自拍，配文是：花姐挺住！今夜我们都是花家人！照片其实很搞笑，但那个瞬间，我居然感到了一丝难受。

因为我最好的朋友，穿着我没见过的衣服，挽着我不认识的朋友，说着我听不懂的段子。

那种感觉很微妙，不是生气，也不是嫉妒，似乎找不到一个合适的词语来形容。曾经可以共用吸管喝饮料的人，现在她的日常我已经看不懂了，我们之间的关系似乎变得好遥远，遥远到我想写一条评论都不知道说什么好。

我在评论框里输入：哈哈，这是个什么梗？觉得好傻，删掉了。又输入：前任！你居然有新欢了！觉得好冷，又删掉了。憋了半天，最终只是点了个赞而已。

晚上睡觉的时候，我开始反思自己，我是不是太小心眼了？

好朋友必然会有新朋友，甚至会有比我更要好的朋友，就像我的周围也有新面孔一样，这很正常，这是理所应当。她过得开心，我应该替她高兴才是，怎么会感到难受呢！

然后，我开始回想我俩认识以来的种种，一起为彼此过了十二个生日，认识对方家里的每一个人，住过彼此的大学宿舍……

觉得好朋友之间的关系真是微妙啊，微妙到有点像恋人。我和你玩得好，你又和她玩得好，我会吃她的醋。

这种情绪，与其说是小气，不如说，是在乎到极致。因为把你放在自己心中的重要位置，所以希望自己在你心中也是一样，这种位置，不舍得与他人共享。虽有矫情，却是正常。

如果有人也跟我一样，因为好朋友的新朋友感到过难受，不要因为这种情绪而愧疚，而觉得自己心胸狭窄。

要善待小情绪，然后学会释怀，释怀"小肚鸡肠"的自己，释怀会和好友走上不同道路的这件事。

　　我在最美好的青春里,跟你成为最美好的朋友。也许当我们渐渐成熟,周遭会往来新的面孔,但我的世界里,永远为你保留着重要的位置。

　　希望,在你的世界里,我也一样。

女孩都爱摄影师

"你们班的徐同学,究竟是得了什么病啊?已经三周没来上我的课了,去年可不是这样的。"

"啊,老师,具体什么病我们也不太清楚,只知道每周二的下午一定要去医院复查。"

"每周都要去复查,很严重的病吗?"

"嗯,大概是吧。"

大头今天又没来上课,具体咋回事儿,全班同学都心知肚明,唯独老师还蒙在鼓里。

大头姓徐,体貌特征在此不想赘述,参考《哆啦A梦》中的胖虎即可,"胖并文艺着"的徐大头还有个雅号——"志摩",当然,他不写诗,他只拍照。

大头现在在某大型餐饮连锁企业做兼职,每周至少要上三个白班和两个晚班,周二下午的非专业核心课,他只好选择逃课了。为什么逃课去当兼职呢?因为这学期开学时,他找室友借的买单反相机的钱,再不还清,就得拖到下学期了。其实大头平时已经够省吃俭用的了,但是钱这东西,光省不赚是没有用的。

虽是个简单的服务生工作，竞争也不小，大头可是凭借一脸福相过关斩将才留下来的，跟他一起兼职的同事也基本都是在校大学生，只有他一个人是迫于经济压力来做兼职的。

大学生那点奇妙的心态是可以理解的，别人伸手向家里要钱，我可以自己赚到钱，那我就很给力，很正能量，即便我是以逃课为代价，干着服务业甚至称不上什么业的廉价劳动，我也是很棒的，跟同龄人的境界不一样，赚多赚少真心无所谓。难怪有人说："这么点工资，农民工才不干呢！除非给大学生才行。"

不上课也不用兼职的时候，大头就会背上他心爱的小单反出门拍照，拍拍花草啦，路人啦，还有下雨下雪日出日落啥的，他管这叫练手。大头坚信，练好了技术就能约心仪的女孩子出去拍照，女孩子喜欢他拍的照片，就会喜欢上他的人，他就能找到女朋友，这一切在他眼中，是顺理成章的事情，毕竟，没有女孩会不爱摄影师的。

大头只买了单反机身，镜头是借同学的闲置入门镜头，男生间的东西，既然是闲置，也就意味着可以厚脸皮不还了，打篮球的时候多给人家传几个球就行。再加上专业摄影必备的三脚架啊、摄影包啊，也足够让零用钱本来就少的大头喝半年西北风了，但在他眼里，这一切都是值得的。要知道，在大头这种理科院系，有一个漂亮的女朋友是比拿奖学金还要痛快的事情。

喜欢拍照的人，对于美，比一般人要苛刻的，大头虽然胖，对女孩的相貌和身材还是有很高追求的。大一的时候，他就看上了学校舞蹈团的一个女孩子，她经常在学校的各大晚会上跳舞，大头有晚会就去看，早早去坐前排，只为看她，虽说是群舞，整个舞台大头眼里只能看到她一个人，喜欢一个人，她是会在人群中发光的。

但大头喜欢这个姑娘的事，除了寝室里玩得最好的哥们儿，他没跟别人讲过，传出去别人会笑话的，吃白菜的命不该操那满汉全席的心。

经过多方打听，大头厚脸皮地拿到并加了女孩的QQ号，但一直没好意思聊天，女孩的空间设置了权限他进不去，他只好默默地在自己的空间里发一些自己拍的照片，再配上几句优美的话，期盼着被女孩看到，被她赏识，室友讽刺他搞得跟卖书签似的。

大头每次去看晚会都会在观众席给女孩拍照片，尤其是这学期有了单反相机，拍的就更多了，他选了其中最好的几张，发到了自己的空间里，想了半天的文字，打出来又删掉，最后不小心点了发布，也就算了，没有文字也好，太暧昧的话会被人笑话。

"咦，这不是我吗？"不一会儿，女孩的回复让大头欣喜若狂，这可是她第一次回复自己啊。

大头想着勾搭的机会来了，赶紧发了消息过去跟女孩私聊，把女孩跳舞的清晰大图发给了她，又发了一点自己拍的风景照，对方连连称赞，夸他有天赋。大头趁热打铁："这周末有空吗？我可以给你拍点照片。"按下发送键的时候大头整个人都在抖。

"这周要排练呢。"

"下周呢？"

"下周估计也没有空。"

大头还想再问下下周，在电脑旁观摩的室友忍不住打断了他，说："别再问啦大头，人家姑娘的意思就是不想跟你出来拍照，一个人不想跟你出来啊，别说下周了，下辈子都没有空的。"

美女的谨慎是可以被理解的，要知道，哪怕仅仅是答应了异性一个简单的吃饭、喝咖啡的请求,也会让对方过于敏锐的天线,接收到"我愿意"这样夸张的信息。既然吃饭、喝咖啡都得谨慎,更何况拍照了:一个下午的单独相处,你要朝着他笑,捋头发,甩裙摆,让你跑就跑,让你跳就跳,对方会不知天高地厚的,万万不可草率。

我们可以理解,大头却无法理解,他不知道自己这么努力都把照片拍到这个份儿上了,对方还拒绝他是为什么。

大头室友说:"咱们学校有摄影专业你知道吗?我认识一个摄影专业的,他拍的人像照就跟影楼拍的似的,特别大牌,摄影专业最爱找舞蹈团的妹子拍照了,人家的相机都是几万块的,你个几千块的入门级单反,恐怕姑娘瞧不上哦。"

不信邪的大头还是对女孩发了句:"有空找我拍照,我的手机号是……"

女孩没有跟他交换手机,只是回了句"好的",这也是他们最后的对话。

大头坐在电脑前发愣,想想自己,考上大学时,家里奖励了一台数码相机,当时的他摸着小数码,觉得自己离摄影师不远了,到了大学才发现,别的同学拍照用的都是单反相机。等他好不容易省吃俭用东拼西凑买了单反相机,他才知道手里的叫入门机,人家的叫高端机。

大头叹了口气:"屌丝永远只能拣高富帅玩剩下的,没意思。"合上电脑,睡觉去了。

早上起来,大头的手机居然有两条陌生短信,他欣喜地点开,却不是心仪女孩发来的。一个是隔壁班的,一个是压根儿不认识的,内容居然都是找他拍照。他大概猜到是室友在整他了,问:"你做了什么?"

"没啥,在你那儿偷了点照片,帮你发了条约片启示,真有人找上门啊?广告效果不错嘛。"

"为什么陌生女孩都找上门来,我喜欢的女孩却不理我,女孩到底爱不爱摄影师?"

"爱啊,女孩都会爱摄影师的,前提是她没有摄影师。"

这一年，
我们再也没有开学

往年九月的这个时候，该在家收拾行李准备去学校了。

只要箱子塞得下，必然要从家里顺点东西走，茶叶带上，蜂蜜带上，连没拆封的洗发水和抽纸都想带上，似乎家人购置的这些都没花钱似的。

开学前，室友互相打听何时返校，为的是那一丢丢"我才不要第一个返校打扫卫生"的小心机，可这小算盘算来算去常会失策，自己果然就是那第一个到的。

倒是也不生气，抡开膀子洗刷刷了起来，打扫完还不忘拍照发到群里"求夸奖"，像个小孩。

在校园里见到每个熟人，哪怕是半生不熟的人，都会很开心地打招呼，想不起名字也打招呼。

上学期那个恨不得拉黑的同学，不过是隔了一两个月没见，这学期咋就看着那么顺眼。

……

开学的一幕幕啊，都仿佛是在昨天，可是这个夏天的尾巴，我们再也没有迎来开学。

毕业季写毕业论文的时候,在老师的指点下,修改了一稿又一稿,虽说偶尔会心生怨气,但每一次修改确实都在进步,因为老师专业,提的修改意见,确实都在点子上。

工作后跟各种客户对接文案,同样是一稿一稿地改,但是客户们的修改意见总是想一出是一出,他们喜欢说:"感觉不太对,不是我要的那个感觉。"

问他是什么感觉,他说:"我也说不清,但就是不太对,还得改。"

改来改去,最后选的可能是最初的那一稿。

在学校吃食堂的时候,食堂的油炸小黄鱼,三块钱一条,有巴掌那么长,外皮酥脆,鱼肉香嫩,米饭四毛钱一大勺子,我说吃不了这么多,大叔挖回半勺,饭卡只扣两毛钱。

毕业后,听一个单位里没食堂的同学聊起,快到饭点的时候,他总是约上另一位应届毕业生一起先走。只有这样,他们才可以去单位附近的小巷子里吃相对便宜的盖浇饭,不然的话,得和已经工作了几年的同事一起下馆子,AA制下来,价钱是小巷子里的好几倍。还没转正的他,工资不多,他不想把钱都花在吃饭上。

住学校宿舍的时候,任何电器坏了,只要去学工办填写一张报修单,修理的师傅,当天就搬着小梯子来了,维修也不要钱,全都是学校埋单。

现在租房,租到一个多月时,卧室里本来就不给力的空调突然坏了,周四的时候联系房东,他说周六才有空过来,我说那我自己找人维修,维修费在房租里抵扣可以吗?

他说："我不在场的话，维修费我是不认的。"

听说立式空调随便修一次都得几百上千，愣是逼得我，在客厅里打了两晚的地铺。

感觉学校像是一个独立的世界，出了这个世界，外面的人和风景，全都变了模样。

很少有人会站在你的角度说话、会包容你的过错、会不计回报地帮助你。

在外面的世界里，每一样东西都好像标明了价格，无论你想拥有什么，都得用相应价值的东西来换。

每个人都想拥有更多，每个人也在失去更多。

步入社会的你，也许再也不会开学了。

但是我希望，你能留住那些学校世界里的纯粹、好奇和一切美好的东西。

无论外面的世界拿什么给你，都不要交换。

找到适合自己的方糖，
　　觉得苦就加一颗

晚上十点，我独自拎着电脑包从图书馆走出来，边走路边舒展着筋骨。

微信响了，来消息的是一个熟悉的头像，问"在吗，想聊聊"，我说在的，然后她便打开了话匣子。

跟以往的每次一样，这次她也说了很多，总结下来依旧是那几点：有烦心事、周围人很讨厌、人生不公平、觉得自己一无是处……

我在安慰人这件事上没有天赋，每次只会像老好人一样打着圆场："别人说什么不要太在意啦……不公平只是偶尔的……"

发完这些话，觉得自己在她面前好像一台复读机，因为这些话完全是复制之前的话，并且可以沿用到下一次。

因为走夜路不方便时刻看手机，回复消息不是很及时，发送了大段文字的她有点着急，问我："你很忙吗？都不回我。"

我只好停下脚步，原地给她回复，无意间抬头，发现夜空闪着星星，夜色还挺美的。

安慰完了她之后，她问了问我的近况，得知我过得还可以，她回了两个字"真好"。这句"真好"使我陷入一种尴尬,这种尴尬更像是一种罪恶感。是的,跟诉苦型人格相处,我的一丁点幸福,都像是罪恶。

几句寒暄后结束了聊天,不知道多久之后,她的头像才又会出现在我消息列表的最前面。

以前我的态度不是这样的,我曾很努力地想让她开心起来,多次反复后,我有点疲倦。

大概是我经常写一些比较积极乐观的文章的缘故,很多人喜欢来找我诉苦,有朋友也有陌生人。

微博私信和公众号的后台留言里,常有以"今天我很不爽……"为开头的消息,我知道倾诉者都是出于对我的信任,希望我能口吐莲花地治愈他。

可是,即便是树洞也会有疲倦的时候,树洞也想听点好消息和笑话解解闷。

一次聊天中,对方直接恭维道:"你们这些写鸡汤的,最会鼓励人了。"我知道这是玩笑话,可心里感觉怪怪的。

被倾诉完,还往往能听到一句"我把你当好朋友才告诉你这些的",以显示被倾诉是一项殊荣,也不知道该不该高兴。

大概每个人的生活中都有几个这样的朋友吧,心眼不坏,但是定居在低气压里,其实没有遭遇多大的不幸,但是长期保持着不开心,他们能从各种小事里品读出这个世界对自己的恶意。

我们曾很努力地想让他们开心起来,可每次掏心掏肺的安慰都像是一支药效很短的镇静剂。

久而久之,很努力想让他们高兴起来的我们感到疲倦了,他们感觉不到我们的疲倦，视之为友情的疏远。

　　每个人都有苦涩的时候，非要说出来干吗呢？治愈不了自己，反倒传染了别人，对方本来是心情明媚的一天，因为你低气压的靠近而变得愁云笼罩。

　　其实，跟自己相处了这么多年，没有谁比自己更了解自己了，与其频繁诉苦，不如去掌握取悦自己的方式，找到适合自己的那块方糖，觉得苦的时候就给自己加一颗。

　　我没有太高雅的喜好，我喜欢好吃的，喜欢漂亮裙子，不爱运动，但挺喜欢散步，心情不好的时候，我就出门遛遛自己，觉得做某件事辛苦的时候，就把吃顿好的和买条裙子作为完成这件事的自我嘉奖。

　　我不懂心理学也喝不惯鸡汤，我只知道，人得学会给自己找乐子。

　　这种乐子只能自己找，别人找起来太辛苦，还可能找错。

我不支持你，
但我依旧会陪你

周末去听了一场演唱会，坐我前排的是一对父女。

女儿中学生模样，全程热情很高，不是大声合唱就是不停地挥舞荧光棒。一旁的父亲，头上戴着荧光蝴蝶结，膝盖上放着女儿的外套，认认真真地，低头玩了两个小时手机象棋。

觉得这位父亲有点可爱，这大概就是"我反对你追星，但你非要去的话，我也会陪你"。

在真挚的情感面前，反对往往是无效的，这种无效不是说我失去了自己的立场，而是，因为在乎你，所以愿意走进你的立场。

我读高中的时候，女生流行烫直发，头发烫直之后，又垂又顺，像瀑布一样，看得我也跃跃欲试。

那时候我是一名学霸，听老师话、听家里话，所以决定烫发之前，我先在饭桌上问了母亲的意思，她黑着脸说："不行，高中生烫头发像什么样子，应该把心思放到学习上才对。"

我说："我周围的女生都烫了，不会影响学习的。"

她继续坚持："不行就是不行。"

那天我特伤心,觉得自己母亲是老古董,觉得自己无法拥有平等的青春,吃着饭还哭了起来,然后一个人关在房里生闷气。

于是我做了一个叛逆的决定,我拿出自己攒的零花钱,决定自掏腰包去烫发,在我准备出门时,母亲问我去哪儿,我赌气说:"不用你管!"

毕竟是亲生的,我不说她也知道我要去干吗,她说让我等她一下,然后她穿上外套拿上钱包,跟我一起出门了。

在路上时,母亲说:"有些理发店很黑的,看你是小丫头就宰你,或者给你用很差的药水,我陪着去会好一点。"

后来,她就在理发店里,陪了我一个下午,那时候人们不怎么玩手机,她就什么也没干地看了我几个小时。

我当时有点嫌母亲"为何不一开始就答应,弄得这么不愉快",现在想来,还挺感动的,她自始至终都没有支持过我烫发这件事,但我非要去的话,她还是会陪着我。

大学同学的闺密曾经去见过网友,当时同学劝她别去,说女孩子容易有危险。

闺密说没事的,就吃个饭,看个电影,彼此了解一下。同学还是对她不放心,毕竟诸如此类的社会新闻看过不少。

闺密讲:"那你每半个小时,假装找我有事给我来个电话,这样就能确定我的安全了。"

同学说:"傻瓜,你要是真遇上事情的话,我给你打电话也来不及了啊!"

最终,闺密执意要去,同学决定,假装路人,坐在同一个餐厅里不远的位置陪闺密吃饭；闺密看电影的时候，同学就坐在大厅里玩了两个小时手机；电影散场后，同学假装偶遇，这样才把闺密从网友手中拉走，"一起回家"。

讲真，这样陪吃陪等的"电灯泡"，我做不来，大部分人应该也做不来。

只有关心你到极致，才愿意冒着被嫌弃的风险，厚着脸皮在背后守护你。

珍惜每个陪伴你的人，他们也许不支持你，但他们真的很在乎你。

谈恋爱和玩游戏

堂弟今年读大二,去年的寒假,他曾在家里闹着要加生活费,每个月要加五百块,说是谈了女朋友,再不加生活费,月底就得饿死在学校了。

婶婶有点心软,但叔叔坚决不同意,最后,堂弟只得作罢。

显然,大部分的校园恋爱,都是家长在背后埋单,而大部分父母,都不会开明到为孩子积极投资恋爱经费的地步。

所以,校园情侣的处境变得很尴尬,尤其是男生:又想对她好,又囊中羞涩。

最近得知,堂弟已经回归单身了,他说,是女生主动提出的。

"就因为你兜里没钱?那这种物质的姑娘,咱不谈也罢。"我替他打抱不平。

"倒不是因为这个。"

"那是?她移情别恋?"我习惯性推理到。

"也不是。"

"那到底什么原因?说给你姐听听。"

在我的屡屡追问下,堂弟道出了他的失恋过程。

寒假要求加生活费无果之后，懊恼的堂弟，为了约会时不因囊中羞涩而在女朋友面前丢脸，想出了一个不算办法的解决办法，那就是——减少见面。

他努力在女朋友面前营造出一种忙碌的假象，学业很忙，社团很忙，忙到没时间出门约会没时间一起吃饭，这样，他就可以在不降低约会质量的前提下，减少花费了。

女朋友一开始还算理解，觉得男生忙碌是有出息的表现。但，对堂弟自己而言，假装忙碌是很痛苦的，因为他必须保证不在闲逛中被女友及女友的朋友撞见，所以，他大部分时间只能待在寝室，连图书馆都不敢去。

这对于一不追剧、二不玩游戏的堂弟而言，无疑是一种折磨，渐渐地，为了摆脱这种折磨，堂弟开始追随室友前辈的脚步，玩上了网络游戏，然后，一发不可收拾。

有时他正在游戏里玩得尽兴，接到女友的电话，只得敷衍几句挂掉，不然队友该骂他了。后来，少有的约会更加少了，女友渐渐察觉出了端倪，无法忍受他的敷衍和欺骗，最后，主动提出了分手。故事到这里，也就剧终了。

堂弟的表情，多少有点悲伤。

作为姐姐，我直言不讳地教育起堂弟来。"老弟，你啊，活该。早早地跟人家姑娘坦白不就没事了嘛，直接摊牌经济不够宽裕，少去高档消费场所，两人共同承担花费，不要太在意面子，女孩真心喜欢你的时候，会为了你精打细算，也会心疼你为了她花钱。"

"姐，你想得太简单了，不是单纯的面子问题。"堂弟支支吾吾。

"那是什么问题？"我问道。

"这是一个社会风气问题，周围都这样，谈恋爱都是我们男生在掏钱，如果我不掏，那就很不爷们儿，很没有担当。"

"你这不还是面子问题嘛，你拿着父母给你的足够一个人花的生活费，想着怎样在女孩子面前有担当，这样一点都不成熟，不爷们儿。"我教训起弟弟来，毫不客气。

弟弟自恃理亏，转移了话题："我现在单身也不错，玩游戏挺有意思的，谈恋爱就跟一个人腻着，玩游戏，能融入男生圈子，玩得好，会很有存在感，我现在都玩到70级了。"

"玩游戏也挺花钱吧？还不如真心去经营一段感情来得实在，我不懂游戏，只觉得就算你费尽心思，成为游戏世界的王者，真实世界的人依然不知道你在干什么、你有多努力，挺没意思的。"

堂弟顿了顿，说："姐，你是写文字的，我是个理科生，不太看书，你写得再好再多，对于我们这种不爱阅读的人来说，也不知道你在干什么、你有多努力，那你会为了这些人的不在乎而停止吗？你不会。人做自己喜欢的事情，从来都不是为了让别人在乎的。我失恋了，我不高兴，但这是因为我的错，不是游戏的错。"

堂弟的反击竟让我哑口无言，叛逆期的男孩子啊，个个都是最佳辩手。

我收回之前的话，由他去了。

谈恋爱和玩游戏，应该是大部分男生在成长中，都会经历甚至着迷的两件事吧，它们都不应该被阻止，它们是男孩在成为男人的道路上，途经的两处风景，一个教会你怎样去照顾人，一个教会你在没人照顾的时候怎样释怀自己。

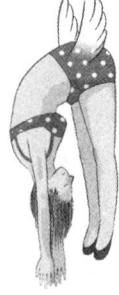

7

远离消耗你的人，
也不要去消耗别人

你唯有变得更好，
才能离恶意更远

我拉黑过一个编辑，他是我给杂志写稿以来，唯一拉黑过的人。

那时候我还是个高中生，文笔稚嫩，胆子也小，在杂志上发表的文章不多，是个近乎透明的存在。

那本杂志不是什么大刊，但在学生群体中，还算有点名气，具体名字就不提了，毕竟编辑人品有问题，可杂志是无辜的。

我在网上看到这位编辑的征稿邮箱，便给他发去了我的稿件，很意外地，他加了我的QQ，说我写得不错，我们聊了起来。

聊天的过程中，我一直用"您"称呼他，他却热情得有些奇怪，问我多大了，个子有多高，甚至跑去我的QQ空间，在我的照片下留"爱心"的表情。

我问他："我的这篇稿子能不能过审呢？"

他却说："你跟我接个视频，我就帮你把稿子送审给主编。"

说真的，这样的话现在回忆起来很恶心，按我现在的性格，绝对就骂他甚至截图去微博曝光他了，可是，当时我不敢，我甚至以为他在跟我开玩笑。

当时的我，居然以视频坏了为借口，继续拜托他："您刚才还说稿子写得好呢，就帮我送审给主编吧，我家视频坏了，接不了。"

他说："接不了视频，那接语音吧，你给我唱首歌。"

这句话，让我足以断定，他就是个披着编辑外衣的变态狂。

尽管我很想登他们家的杂志，但我也有辨别善恶的能力，我没有再理他，把他拉黑了。

这件事，一度让我对男性编辑产生了心理阴影。

后来，跟另一位作者聊起这本杂志时，她却说，最近还和这位编辑合作了呢，客客气气的，没感觉不正经。说这句话的作者，早已小有名气，在我们还四处投稿的时候，她已经稿约不断了。

原来，这位编辑，只对他认为好欺负的人猥琐，对其他人，是礼貌客气的。

而当时的我，就是他眼中那个好欺负的人，一文不名的作者，近乎央求地让他送审我的稿件，在这样的我面前，他的恶意是理直气壮的。

在我很小的时候，母亲调配到新的单位去工作，她带着我一起，在单位附近租房子住。

我们的房东，是个非常小气的胖女人，原本谈妥的房租，居然因为母亲从医院下夜班回家，上楼时喊亮了她家门口的感应灯，而要强行加收一笔感应灯的电费。

那时我和我妈"寄人篱下"，如果闹僵了就有可能被扫地出门重新找住处，未免太麻烦，母亲只好交了那比莫名其妙的电费。

后来渐渐长大，家人也在方便的位置买了新的房子，我感觉周围那些跟房东一样胖乎乎的老阿姨，个个都亲切得不行。

即便我毕业后，自己在外租房，也感觉房东们素质很高，善良又礼貌，处处为我着想。

有时我也会纳闷，猥琐的编辑，刻薄的房东……曾经那些坏人，怎么都不见了？这个世界，是从什么时候开始变善良了？还是我倒霉劲用光了，开始走运了吗？

母亲说，不是的，是因为，我们变得越来越好了，人只有变得更好，恶意才会离他更远。

当你写作经历丰富，发表文章是家常便饭，再猥琐的编辑，也找不到要挟你的理由。

当你手头宽裕，租的房不满意可以随时另谋别处，再刻薄的房东，也不会想方设法地为难你。

人无法去左右他人的意志，但可以提升自己，去赢得他人的尊重和善待。

人唯有变得更好，才能离恶意更远。更好的自己，才会遇见更好的风景。

所有偷过的懒，
　都会变成打脸的巴掌

小学的时候练书法，周末要背着墨水瓶去老师家，一次瓶子没拧紧，墨水把包里的文具都染脏了，我生闷气，觉得书法太讨厌了，难学又惹祸，学了几天便再也不愿意去了。

后来念高中，语文作文总拿不到理想的分数，硬着头皮问老师原因，他说："文笔不错，可惜字丑了些。"

学校组织作文比赛的时候，老师甚至主动建议我："写完找个字好看的同学帮你抄一遍，否则得奖的可能性很小。"

大二的时候考驾照，带我的教练脾气很不好，我被骂哭两次、羞辱智商N次，我跟自己赌气，说过阵子再学，后来干脆就没再去驾校，那时眼看即将毕业的我，依然没有驾照。

过年回家，我所在的小城市的出租车，春节是不开计价器的，十块钱的路程，能漫天要价地说三十，不坐拉倒。家人在忙，家中有闲置的车，可是我不会开啊，我只能去拦出租车，送上门让他们宰。

还有半途而废的游泳、三天打鱼两天晒网的美术、明天再背的单词……它们都在后来某个猝不及防的瞬间，跳出来为难我。

因果报应真的是恒久存在的真理，所有偷过的懒，都会变成打脸的巴掌。

新家装修的时候，有一部分家具是手工现做的，木工师傅在我家工作的时候，大门敞开着通风，一位来邻居家走亲戚的老伯，特意进来旁观。

老伯说，自己现在还在遗憾，当年没有好好学做木匠。他年轻的时候跟着老师傅一起学木匠，觉得太精细太麻烦，还被割伤过手，于是就不愿意学了，想做一些轻松简单的活儿，然后跟着亲戚一起去沿海打工。

没有一技之长的他，去过搬砖的工地，去过流水线的工厂，最后忙忙碌碌十几年，依然没能在大城市安下家，只好回家乡做点小买卖。

曾经跟自己一起学木匠的伙伴，如今一个个成了当地令人尊敬的手艺人，甚至还开起了自己的家具制造厂，而他，只能站在陌生人的门边，欣赏别人"展示"他曾放弃的技术。

记得蔡康永写过：15岁觉得游泳难，放弃游泳，到18岁遇到一个你喜欢的人约你去游泳，你只好说"我不会耶"。18岁觉得英文难，放弃英文，28岁出现一个很棒但要会英文的工作，你只好说"我不会耶"。

人生前期，越嫌麻烦，越懒得学，后来就越可能错过让你心动的人和事，错过新风景。真的是这样。

减肥的时候偷懒，夏天满大街都是"瘦长腿"的时候，你只能对着自己的肥肉生闷气。

上学的时候偷懒，同学们一个个念名校入名企的时候，你又只能在深更半夜里抱怨怀才不遇。

所有偷过的懒，都会变成打脸的巴掌。我不知道怎样去劝服一个懒人改过自新。我只知道：打脸会疼，脸肿了会丑。

你就这样继续拖延下去吧

你定了早上七点的闹钟,想着自己煮点早餐,不急不慢地出门坐车。

但是闹钟响后,你又睡了半个小时,来不及吃早餐了,你饿着肚子出门赶车。你的经验告诉你,这个时间来得及,当你慢步走到站台,公车在你的前方远去。

你花了五分钟来纠结打车还是等下一辆公车,当你终于决定奢侈一把,坐上出租车副驾驶时,后视镜里熟悉的那辆公车来了。

最终你还是迟到了,你无辜地埋怨了一句:"交通这么堵,怪我咯?"

三个月后,你有一场大型考试,这场考试对你很重要,你买好了所有的辅导书,咨询了所有可能有帮助的人,你在日记本里给自己打了两页鸡血,甚至在朋友圈高冷声明"备考期间停用一切社交网络"。

三个月,太长了,接近一百天呢,相当于小半年呢。

你用了一周的时间来细嚼慢咽第一本辅导书的第一章节,每一页都看得很仔细,笔记也工整地让处女座汗颜。

你翻看着笔记,觉得自己太过励志,那就放松一下吧,奖励自己休息一天。

一天很快就过去了,它对于三个月来说,可有可无,那不如再休息一天吧。

休息两天后，你突然觉得，其实复习嘛，何必那么苦大仇深呢，自己脑子好，劳逸结合才是最好的复习方式。

你恢复了一切娱乐活动，该吃吃该喝喝，愧疚感涌上来的时候，就勉为其难地看点书。

一个月过去了，两个月过去了，两个半月过去了……

再不备考就要歇菜了，报考费也挺贵的，于是在别人复习第N遍的时候，你开始了第一遍预习。

考试就差两天了，你书都没看完，只好熬夜强记不知哪个网站找来的短平快重点，边背边心疼自己熬夜熬坏了身体。

开考、答题、交卷、放榜。

别人考上了，你没有。

你安慰自己："我就正经复习了一个礼拜，我要是像他那样开启学霸模式大半年，我肯定考的比他好。"

工作日的时候，你想着周末要跟家里打个电话。

周五晚上用来看综艺节目，周六吃完晚饭只想在沙发上瘫一会儿。

周日再不打电话就说不过去了，你吃完晚饭，洗好澡，躺在床上，补刷了一遍白天错过的朋友圈；刷了朋友圈不刷微博好像又过不去，又刷了一遍微博。

你想着周六出去吃大餐的照片再不发，就错过晚餐黄金时段了，不发朋友圈，那岂不白吃了？你花了半个小时修图，琢磨了二十分钟配文，终于在朋友圈发出后，你又在评论区互动了半个小时。

是时候给老妈打个电话了，你看一眼时间，居然已经十一点半，她八成已经睡下。

那算了吧，下周再说，下周一定打。

你觉得自己太胖了，想减肥。

你决定用最健康的运动来减轻体重，你办了一张健身卡，本来只想办一个季度的会员，后来想到运动越久就会越瘦，你一狠心，充值了半年的会费。

刚开始，你每天都去健身房，看着大汗淋漓的自己，还挺有成就感的。

一周后，你觉得工作日还是要保证白天的体力，之后，你只有周末去。

可是，你感觉自己工作日那么累，周末为什么不好好休息呢？街上那么多穿XXXL的胖子，自己在他们面前不知道多苗条，何必折磨自己。

罢了罢了，你决定在二手网站转让这张会员卡。

可是转让还得注册账户、拍物品图、写商品详情……一堆麻烦事，等等吧，周末歇下来再把它挂到网上就好了。

这个周末，你瘫在家不想动，干脆下周好了。

终于等到一个周末，你决定拍几张健身卡的照片，可是你突然发现自己的书桌很乱，自己整个家都很乱，没有一块地方符合自己"岁月静好"的拍照风格，你决定待会儿把家收拾干净了再来拍照。

这个待会儿，一待就是一个多月，家里终于乱到无法忍受了，你撸起袖子，花了一个小时就把家里打扫干净了，你拿出健身卡准备拍照上传二手网站，却发现，卡已经超过使用日期了……

"喊，白收拾了。"

你啊，你就这样继续拖延下去吧！

有一天你会突然发现，你有很多事情要做，你的余生都不够用。

好阿姨，坏阿姨

读大学的时候，我们那栋楼有两位宿管阿姨，一个为人慈祥凡事好商量，另一个铁面无私不行就是不行，虽然见面都喊"阿姨"，但我们在私下里称呼她们为"好阿姨"和"坏阿姨"。她俩轮流值班，我们至今没有摸清值班规律。

好阿姨胖胖的，梳着不长的辫子，俨然女版的刘欢，你向她打招呼她会答应，还会对你笑，她待人和善，加热个饭菜啊，寄存点物品啊，晚归求求情就不记名字啊，总之行各种方便，大家都喜欢她。坏阿姨呢，严格按规矩办事，像个女法官，我们撒娇卖萌都没用的，各种不好说话。"加热饭菜干啥？学生就该正点去吃食堂。""寄存物品没看好被人拿了怎么办！""上楼也就几步路，不要懒。""晚归一分钟也要门禁，要记名字上报学校，让你在外头瞎转悠。"我们都怕她，今天是坏阿姨值班的话，那简直意味着今天要当一天戴着红领巾的乖乖的小学生。

宿舍楼下小黑板上的通知，不用看笔迹，单单是文风就能知道是哪个阿姨写的，好阿姨比较萌，会写：今天电脑和贵重物品都放保险柜了吗？小偷要过年啦！而诸如"12日早上8点停水"这样的，肯定是坏阿姨写的，好阿姨绝对会加上一句"记得存好几桶水哟"。

女生寝室男生自然是不可以进入的，但有时要搬个女生拿不动的重物也只得法外开恩，当然不排除一些男生只是为了实现参观女寝的梦想。好阿姨通常都会通融，说一句："送完赶紧下来啊。"坏阿姨就特别较真，会说："这箱子看着不重啊，拎得动就自己来。"女生撒娇什么的都不管用，她就是不吃这套，说让室友下来帮忙，最后女生照样屁颠屁颠自个儿抱上了楼，也没见多艰难。不是重到非要男孩子来拿的东西，都要自己拿，这是坏阿姨的一贯做法。

违禁电器和小宠物，都是我们用来和宿管阿姨玩躲猫猫的好道具。坏阿姨经常在我们白天上课的时候漫步于楼道间，猫叫狗叫什么的，隔着防盗门也能清晰察觉，一旦被发现，她倒也不会强制性立刻把动物带走，但会留下一张"给你三天时间把它送走"的便条，落款是阿姨。她的这句酷酷的话，成了我们的百搭款，比如："你这男朋友要不得，给你三天时间把他送走。"好阿姨就从来不会突击检查，只是按照学校的规定，有领导来了就象征性地检查一下，往往还会提前橙色预警："明晚要检查违规电器，领导要来哦。"这就跟某些城管抓违规商贩前先预约似的，最后啥都抓不到，我们就爱这种城管！

跟好阿姨聊过天，她说她小孩都已经工作了，没有读大学，她自己也没有读过大学，但她周围的孩子都是大学生，天天活在大学校园里，感觉挺好的。阿姨说，她当宿管前做过家政，虽然这两种工作都要打扫，但是在校园里工作完全不一样，学生们都很尊重她，甚至敬畏她，丝毫没有做家政时那种处处小心、客户就是上帝的胆怯。对啊，在我们眼中，她不是一个工作人员，而是一个长辈，所以才叫她阿姨啊。

有一次我火车半夜到，让室友跟阿姨说留个门，室友下楼一看，偷偷回电话,说:"哎呀,今天不好办啊,是坏阿姨。"我硬着头皮在电话里跟她讲明了情况,居然也说得通。坏阿姨说在外面玩到半夜回来她是不开门的,但坐夜车这个没办法。半夜不锁电子门很不安全,所以回来了敲门就行,大声点,她会起来开门的。在我连连感谢夸阿姨菩萨心肠时,她竟意外地说了一句:"进门时记得给我检查火车票。"真是让人哭笑不得。

坏阿姨记性超好,防范意识也强,简直怀疑她悄悄旁听了刑侦学。我们宿舍楼虽是刷卡进出,但偶尔也有些外人顺着人流混入,小则发发传单,大则行骗偷窃。有一次,坏阿姨见一个年纪不像学生的女子拎着大包慌慌张张从楼上走下来,她赶忙堵住大门说:"我好像没见过你,学生证给我看一下!"对方说没带,问学号也背不出,支支吾吾,然后坏阿姨让她把手里的包打开看看,她也不愿意,欲强行出门,坏阿姨喊周围女生来帮忙,把她控制住并报警。果然,那女的是个小偷,包里有刚得手的一台电脑。坏阿姨这一光荣事迹迅速在学校里传播开来,甚至有了"阿姨一眼就看出她是贼"和"阿姨单手将其控制"的夸张描述。坏阿姨倒是无所谓浮名,继续她的黑脸值班,但我们却悄悄地把称呼前的"坏"字换掉了,叫她"帅阿姨"。

如果把宿舍比作一个家庭的话,两位宿管阿姨就是这个家庭的严父慈母:好阿姨温柔善良,却不知不觉中惯出了我们的一些坏习惯;坏阿姨黑着脸不讨喜欢,却保卫着我们的生命财产安全,促使我们独立,还时刻提防我们被男孩子骗。

坏阿姨不坏,凶凶的还有点可爱。

他父母给他买车买房，我们奋斗是不是瞎忙

周末偶尔会跟老乡聚餐，背景的类似加上乡音的交流，总会让人放松又亲近。

我们几个的人生轨迹好像都差不多：有记忆以来都是在读书，从没想过读书以外的出路，然后考上大学，毕业直接工作，工作了就想着攒钱养家和贷款买房。

刚开始我们以为，所有人都是这样的，渐渐长大，后来发现，并不是。

老乡中的一位男生，在某汽车品牌的4S店工作，他刚入职时，发现跟自己年龄相仿的一位同事是每天自己开车来上班。他还挺激动，觉得这份工作前景可观，入职不用太久就能像同事一样自己买车。

沟通后才知道，这位同事跟他同年，早入职一个月而已，车子是刚入职时家里买的，算是送给他的入职礼物，也是为了给店长留下一个好印象，因为车就是从他们店里买的。

老乡每天早起上班，先坐地铁再转公交，而同事每天可以比他多睡一个小时的觉。

老乡说:"读书时,同学用全套的苹果产品、寒暑假满世界旅行我都不羡慕,这次我还真有点羡慕我的同事。因为读书时觉得很多东西以后都会有的,只是时间问题,别人家里有钱没什么了不起,工作后发现,好像很多问题,并不是时间可以解决的,家里有钱确实挺了不起的。"

我大学刚入校时,就有同学的家长在学校附近给他买了房,我当时傻乎乎不懂,心里觉得:太溺爱了吧,读个大学而已,还特意在这里买套房子给他。

后来才明白,这些父母太有远见了,四年时间,房价翻了一倍,孩子不仅念书时有房住,即便毕业后去其他城市工作,房子转手卖掉也净赚不少。

唔,说不羡慕是假的。

我们这些普通家庭的年轻人,每月交完房租,再减去生活消费,剩不了几个子儿,好不容易开始有了积蓄,存钱的速度也死活赶不上房价上涨的速度。

他的父母给他买车买房,我们的奋斗究竟是不是在瞎忙?他们举手可得的东西,我们要打拼二三十年,甚至是一辈子,我们的奋斗还有意义吗?

当然不是瞎忙,当然有意义。

我懒得说那些"该有的都会有的""只要奋斗就会变好的"劣质鸡汤,我只知道,你不奋斗会更惨。

那些你曾经不屑的"有钱了不起"的人们,不仅在年轻时有车有房,还可能比你努力、比你好看。

这样比较下来,简直想去死了,人生太不公平了,我们破罐子破

摔吧。

可是你知道吗？如果死磕着"不公平"不放，你的人生会更加不公平。因为比较在很多时候，是没有太多意义的。

你觉得父母给他买车买房的人比你幸福，体力劳动者还觉得，在室内动动脑子就能拿薪水的你比他幸福呢。

幸福其实不难，难的是你想要与别人同等的幸福，甚至是，想比别人更幸福。

房子也好，车子也罢，如果你认为那是人生幸福的唯一标尺，那它的确很重要。

但如果家人的健康、恋情的美满、工作的顺心、生活的充实等，被你列入幸福标尺的行列，那房子和车子，也就没那么重要了。

他父母一入学就给他买房，一入职就给他买车，这是他人生的幸福。

我们健康善良，可以为自己珍爱的人奋斗奔忙，这何尝不是一种幸福呢！

我成绩不好，
但我不是坏人

公车的移动电视上，主持人在讲一个民生新闻，用到了成语"近朱者赤，近墨者黑"。

坐我前排的一位母亲，不错过任何教育小孩的机会，她问儿子知不知道这个成语的意思，小朋友说不知道，她把成语解释了一遍，为了更加通俗易懂，她还举了个例子："也就是说，你跟成绩好的学生做朋友，你就会变成好学生，你跟成绩差的学生做朋友，就会变成坏学生。"

小朋友若有所思地点头，我平静地坐在这对母子的后面，内心咆哮着："我不同意！"

我当过成绩很好的学生，也当过成绩很差的学生，我经历过前者的优待，也遭受过后者的不公。我清楚地明白，一个人的品行跟成绩真的没有半毛钱关系，低分并不妨碍我们当一个善良的人。

初中的时候，班主任在安排座位时秉承一对一扶持的原则，成绩好的配一个成绩不好的，那时我成绩挺好，我的同桌班级排名跟我差不多，只不过我是正着数的，他是倒着数的。

他是一个通俗意义里的"差生",成绩差,调皮好动,上课看武侠小说,放学进游戏厅和网吧,擅长各种恶作剧,你无法想象他的脑洞有多大。

他前座的女孩有一头毛乎乎的长发,女孩总是习惯性地甩头发,经常甩到他的桌上,占据课桌位置的一小半,跟女孩说过多次也不奏效。

于是,他在座位下偷偷点燃了一根蜡烛,用一把剪刀当镊子,镊住一根不知道哪里搞来的长钉子,待烛火把钉子烧得发红,然后,他轻轻地拿起一撮女孩的头发,把发尾一圈圈地卷在滚烫的钉子上,一松开便有了一个大波浪,然后再拿起一撮,再卷再松开……在他烫到第四个大波浪时,女孩发现了,当时就哭了,顶着她时髦的新发型去找老师告状。

后果可想而知,他被叫到办公室训斥了许久,又是道歉又是写检查……不过这次之后,前桌的女孩,开始怕他了,乖乖地把头发扎了起来,他的课桌恢复了完整的领土。

啊,这么说来,他真是个十足的"坏学生",可是,长久跟他相处下来,我发现他这个人其实还不错。

那时候手机并不普遍,我有一个妈妈淘汰下来的小手机,话费得我自己交,不少同学借用过,唯独他每次借用都坚持付话费给我;考试的时候,题不会做他就睡觉,不翻书,也不偷瞄我的答案;上课时他看我的课外书,被老师没收后,我说算了,他却借钱买了一本同样的还我。

因为把生活费花在了网吧和游戏厅,他手头总是不太宽裕,尤其到了一周的末尾,他几乎早餐都不吃了。有一次课间,他让我把头扭到另一边,我问为什么,他说太饿了,他要把皮带紧一个扣,让我回

213

避一下。

即便经济这般困顿,他也没有因为钱去做坏事。

有一次他跟我说,一起玩游戏的一个好朋友,跟他闹掰了,具体原因是,他俩一起从网吧出来,在柜台结账的时候,看见店主崭新的手机就放在柜台边上,离他们很近,当时店主正在对着屏幕忙别的,在那个瞬间,伸手拿走那部手机,简直神不知鬼不觉。

好友朝他使了个眼色,在好友正要伸手时,他却把朋友拽走了,两人的拉扯引起了店老板的注意,朋友失去了偷走手机的最佳时机。

朋友生他的气,觉得他怂,两人就此闹掰。

我则贱贱地问他:"那么好的机会,为什么不抓住啊?"

他白了我一眼说:"我成绩不好,但我也不是坏人。"

中考后我们再无联系,不知道他现在过得好吗,成人世界里的他,也许还没有飞黄腾达,但我坚信,他绝对不会是一个糟糕的大人。

在高二之前,我从来没有体验过"差生"待遇。

高二那年,少不更事又浪漫可笑的我,从全市最好的高中休学,毅然决定回家搞创作,想用写作养活自己。休学的后果就是,以很慢的速度在提升写作水平,以很快的速度在遗忘前十年的知识,后来想通了的自己,还是回归了课堂,去到另外一所高中。

当时的班主任是同学们都不怎么待见的一个人,他得知我之前成绩优异,觉得自己捡到了宝贝,每次见我都是笑眯眯的,可大半年没有碰课本的我,坐在一堆知识点面前,简直就是一个文盲。第一次大型考试,我考得非常糟糕,那次之后,他不再正眼瞧我这个"差生"。

一次晚自习,他在讲台上批改试卷,突然起身走到我的面前,很凶地问我为什么没有交卷,我一脸茫然:明明交了呀。他说我撒谎,没看到我的卷子。我坚持称自己交了试卷,他说我的品行有问题,当初不应该让我转进来。在我屡屡坚持下,他黑着脸转身回讲台再次翻阅,发现了我的试卷,是他自己疏忽了,误会解除后,他坐下来接着阅卷,没有为他刚才的行为做任何的道歉。

在那个瞬间,我突然想起初中同桌的那句"我成绩不好,但我不是坏人",不是亲身经历,真的不知道什么叫感同身受。

后来跟那个班主任还有一些不愉快,幸好高三分班,我告别了他的昏庸统治。

再到后来,我考上了还不错的大学,假期回家在街上偶遇他,我没有绕着走或假装没看见,笑着跟他打招呼,聊聊彼此近况。

我的教养让我当一个尊师重道的人,但这并不代表他是一个值得我尊重的人。

我很庆幸在我小的时候,我的父母没有教育我别跟成绩差的学生做朋友,这让我站在高处时拥有平等的友谊,掉入谷底时不觉得自己低人一等。

有人跑不快,有人唱歌难听,有人不爱吃榴梿,这些跟成绩不好一样,都不是一个人的品行问题。我成绩不好,但我不是坏人。

远离消耗你的人，
也不要去消耗别人

接到一条微博私信，对方是名女高中生，大致内容是，学校里要举办一场主题诗歌朗诵比赛，她想参加，但是她觉得自己写得不够好，希望我帮她写写。附上了大致的内容要求，并称：这对姐姐而言，肯定是小事一桩吧。

我没有回复她的私信，在评论里回复了别人的留言。

几个小时后，她又发了一条私信过来，写着：你都登录微博跟别人互动了，肯定看到了我的私信，为什么不回我？

接下来，她的一句话让我近乎崩溃：这点小忙都不帮，你又不红。

这句话太可怕了，像一记无辜的耳光。

从什么时候开始，"帮小忙"成为某类擅长者的义务了？

就因为我们仅仅是擅长，算不上专业，就认为我们的拒绝是不合情理的？

朋友L，英语专业。一到寒暑假，三姑六婆的小孩都往她家送，让她给辅导英语，至于报酬——不想给就不给，想给也是远低于市场标准。

朋友Y，擅长摄影。某女生主动拜托他拍照，取景地在远郊，Y自掏了路费，拍完照后一起吃饭，女生丝毫没有埋单的意思，Y只好结了饭钱。

朋友Z，兼职画手。高中老同学找到她，说自己女友想要一张卡通照片当微信头像，求赐画。画完之后对方说漂亮是漂亮，但是不怎么像本人，让再改改，还补充道："你们在电脑上改这种，好快的吧？"

还有很多的朋友，他们是有才华的年轻人，他们被阿谀，被消耗，牺牲自己的时间和精力，硬着头皮帮那些别人眼中力所能及的"小忙"。

"小忙"难道不是个自己才能说的谦辞吗？

你说谢谢。

对方说没事，就帮了点小忙。

但是你不可以指着一件事，说这是个小忙，你为什么不帮。

就像你不可以对你的朋友说"为什么不邀请我到你家中喝点薄酒"一个道理。

刘瑜曾说过："远离消耗你的人，也不要去消耗别人。"

是的，没错。

可是找你帮忙的人生气了，他说我哪里有消耗你，帮我的忙，你明明没有丝毫损失。

许多技能类的劳动，看起来并无成本。

人们不会对开饭店的朋友说，举手之劳，让我来免费吃顿饭吧，也不会对卖衣服的朋友说，帮个小忙，白给我一件衣服吧，但是他们可以求画、求文、求友情出演。

在他们看来，消耗时间、精力、热情这些最宝贵的东西，都是对人毫无损失的。

可是很抱歉。全社会都教育我们要做一个善良的人、热心的人，但是没有一种教育，是让我们去当一个好欺负的人。

我们拥有的所有技能，都是我们的宝藏，我们以后很可能要靠它生活，靠它做梦。

我们只想把它展示给赏识自己的人，而不是消耗自己的人。

我接受你的道歉，
但就是想难过一会儿

那年夏天在北京实习，我租住的房子没有全身镜，女孩子爱臭美，总感觉少了点什么，想买一块镜子回家挂着。

给房东打电话征询同意，他说只能买立式的，因为他不允许我在墙壁上钉钉子。

那好吧，于是我到小家具店，挑了一个带轮子的穿衣镜，选的是比较便宜的款式，讲价后一百块拿下。

老板问需不需要送货上门，送货费二十块，我犹豫了一会儿说："不用了，我住得近，可以自己推回去。"

二十块，说多不多，但想到二十块可以买一个大西瓜，四分之一用来榨汁，四分之一用来吃，还有一半可以放冰箱，第二天继续榨汁继续吃，就好开心，觉得省了好大一笔钱。

家具店离我住的小区步行只需五分钟，再加上进小区和进电梯的时间，我只需十分钟就能到家，推着带轮子的镜子轻轻松松走十分钟就能省下二十块，我真是太会过日子了。

我带着对自己的钦佩之情，推着我的穿衣镜往家里走去。

事实证明，我过度乐观了，步行十分钟到家的路程，我足足花了二十分钟才挪进小区大门。

推镜子走与推行李箱走大不相同，镜子脆弱，稍微不平坦的路就能让镜片发出撞击金属支架的声音，人行道那些凹凸的方块砖，简直要把我心爱的镜子震碎，我几乎是扛着镜子走完了那一段路。

在路人看神经病一般的目光洗礼下，我终于走进了小区，终于靠近了我所住的楼。

在我放下镜子从包里掏门禁卡的时候，大力推门而出的一位小男孩，不偏不倚地用门禁的铁门撞击了我的镜子，镜片碎了一地，金属支架带着小半截镜片尴尬地侧躺在地上。

在那个瞬间，我居然很丢脸地哭了。

跟随着小男孩一同出门的应该是他的母亲，母亲连连道歉，说小孩子不懂事，急急忙忙地，也不观察门外，他绝对不是故意的，请我原谅，镜子多少钱，她照价赔偿。

小男孩自知犯了错，缩在母亲身后很怯弱地看着我，样子怪可怜的。

我也不知道为什么，一年难得哭几次的我，居然因为一面平价的镜子，眼泪抑制不住地流。

我真的不生小男孩的气，我也发自内心地愿意原谅他，但就是，想为我费九牛二虎之力搬回家的镜子难过一会儿。

小王子为他的玫瑰倾注了心思，使得那朵玫瑰对他很重要，那个时刻，我感觉那面镜子对于我，就像那朵玫瑰对于小王子一样。

在小男孩母亲的坚持下，我收下了购买镜子的一百块。但在北京的那几个月，我的房间最终没有摆放一面全身镜。

我愿意再花一百块去买镜子，但那种走街串巷寻找一面合适的镜子、再耗费所有力气把它搬回家的耐心,我已经没有了。

从小到大,你是否也经历过那种,他人无法理解、甚至觉得可笑的难过时刻?

细心收集的糖果盒子,被打扫卫生的母亲当垃圾扔掉,你哭,她觉得有什么好哭的,不过是一堆占空间的破铜烂铁。

做着笔记的心爱书籍,被借书的同学不小心丢失,你难过,他觉得大可不必,明明买新书来赔旧书是你赚了。

很多时候,我们生气、我们难过,或许并不是在怪罪他人,我们只是在遗憾,遗憾自己倾注了心思的物件离自己而去。

难过,有时并不是负面情绪,而是一种"它对我很重要"的本能表达。

我接受你的道歉,但就是,我想难过一会儿。

放弃梦想的人不一定可耻,
能为生命中更重要的事,
把梦想暂放的人一定可贵。